U0112749

Deux
anglaises
et le continent

[法]
亨利-皮埃尔·罗什 著

周行 译

后浪

两个英国女孩

与欧陆

江苏凤凰文艺出版社
JIANGSU PHOENIX LITERATURE AND
ART PUBLISHING

图书在版编目（CIP）数据

两个英国女孩与欧陆 /（法）亨利－皮埃尔·罗什著；
周行译 . —— 南京：江苏凤凰文艺出版社，2024.1
ISBN 978-7-5594-6704-1

Ⅰ.①两… Ⅱ.①亨… ②周… Ⅲ.①长篇小说 – 法
国 – 现代 Ⅳ.① I565.45

中国国家版本馆 CIP 数据核字 (2023) 第 216713 号

两个英国女孩与欧陆

〔法〕亨利－皮埃尔·罗什 著　周行 译

责任编辑	曹　波	
特约编辑	马永乐	
装帧设计	墨白空间·杨　阳	
出版发行	江苏凤凰文艺出版社	
	南京市中央路 165 号，邮编：210009	
网　　址	http://www.jswenyi.com	
印　　刷	天津雅图印刷有限公司	
开　　本	787 毫米 ×1092 毫米　1/32	
印　　张	12	
字　　数	122 千字	
版　　次	2024 年 1 月第 1 版	
印　　次	2024 年 1 月第 1 次印刷	
书　　号	ISBN 978-7-5594-6704-1	
定　　价	59.80 元	

江苏凤凰文艺版图书凡印刷、装订错误，可向出版社调换，联系电话 025 – 83280257

缪丽尔写给克洛德的信

我想每个女人都有一个天造地设的男人，那个男人是她的另一半。她也可能遇上其他男人，或许也可以和他们过着平静、有意义，甚至愉快的日子，但世上只有一个男人与她天生一对。

那个男人也许已不在人世，也许从来没有机会遇上她，也许娶了别的女人。那么这个女人最好终身不嫁。

每个男人也都有他天造地设的女人，一个独一无二的女人，也就是他的伴侣。

安娜和我都这么认为，从小就如此。

至于我，我大概不会嫁人了，因为我有一个任务，最好是我独自去完成，不过假如上帝让我遇到我命中的男人，我会嫁给他。

缪丽尔

目录

第一部分

三人行

1 相遇

克洛德的日记

1899年复活节，都兰

我坐在秋千上，两手都没扶着秋千绳，身边围着一群小孩。有个小孩为了吓唬其他的小孩，突然拉了一下秋千绳，我往后一倒。素有"铁腿"之称的我为了面子想立刻站起来，膝盖咔嚓一响，尖锐的疼痛使我蜷缩在地上。疼痛过后，我勉强能走动。第二天膝盖肿得像球一样，无法弯曲。

医生宣告我的韧带断裂，必须卧床休息六个星期，而且我的膝盖可能从此就变得很脆弱。

我的虚荣心受到了惩罚，毁掉了自己身上最出色的地方。我一瘸一拐地回到巴黎，卧床休息，开始拼命看书。

1899 年 5 月 15 日

　　我的法国朋友经常来看我。有一天我拄着拐杖经过克莱尔（我母亲）的客厅，看到一个年轻的英国女孩在那里。克莱尔跟我提起过她，我对这个女孩颇有好感。我向她点点头，犹豫着要不要走过去。她明快的微笑使我停下脚步，走到她面前自我介绍。和我的法国女性朋友比起来，她并不那么漂亮，也不那么活泼，不过她看起来敏感、笃定又有责任心。克莱尔走进来，提议我和这个女孩交换语言课。这个女孩名叫安娜·布朗，和我一样十九岁，总是戴着夹鼻眼镜。她第一次把眼镜摘下时，我仿佛见到了她一丝不挂的样子，又腼腆又可爱。

　　我躺了一个多月，没去上学也没去画室。安娜·布朗经常来看我。我们一会儿用英语交谈，一会儿用法语交谈。她让我对她的故乡产生了很大的好奇，那个地方看起来不可思议又充满矛盾：个人谦逊低调而民族骄傲自大，墨守成规却出了莎士比亚这样的人物，推崇《圣经》而又热爱威士忌。

安娜每次都会继续聊起上回没聊完的话题，而且总是坐在离我床两步远的地方，从不靠近。

有一天，一个四岁的小女孩进来打断了我们的谈话，把她的洋娃娃递给我，抱怨洋娃娃不乖。我掀起洋娃娃的小裙子，拍打了一下纸板做的屁股。

安娜·布朗脸一红，坐不住了。当天晚上她告诉克莱尔，在英国，一个绅士绝不会做出这样的事，即使打的是洋娃娃。

安娜以雕塑为自己的使命，全心投入其中。她刚到法国不久，对欧陆的艺术知之甚少。

她问我："你了解英国的画家吗？"

"略知一二，伯恩－琼斯、透纳，还有瓦兹的那幅《希望》，一个蒙着眼睛的女孩，坐在地球上，倾听着竖琴上最后一根琴弦发出的声音……"

"天哪！那是我最喜欢的画！"她叹道。

6 月 25 日

经过好长一段时间，她才和我一样喜欢上了罗丹雕塑的巴尔扎克像。又过了好久（我觉得这样很好），她才同意陪我到喜剧歌剧院，看了两次夏庞蒂埃的歌剧《路易丝》。

　　她不赞成剧中路易丝和朱利安还没结婚就同居的做法。我告诉她，这对情侣要么放弃彼此，要么不顾一切在一起。安娜回答说："在不知如何是好的情况下，应该牺牲自己。朱利安应该等到路易丝长大成年。"我说："不到法律规定的年纪就结合也不是坏事。""也许吧，但是要做好自我牺牲的准备。"

　　我给她读了儒勒·拉弗格[1]的《传奇美德》[2]节选，念到哈姆雷特在一堆挖出来的眼睛里洗手的那段，她几欲呕吐。

　　她对我说："我来这里是为了了解你们的国家和艺术。如果你想比较我们两个国家的不同，你应该去我们那里，我来向你介绍我的国家。我们那里的人没你们活泼，也没你们开放，他们比较理智，但也好幻想。"

　　"给我举几个例子听听吧。"

　　安娜从她的学校和家庭当中找了几个很有趣的例子，使我产生了跟她去英国看看的想法。

　　克莱尔很高兴我和安娜相处愉快。她带安娜上剧院，

1　Jules Laforgue，1860—1887，出生于乌拉圭的法国象征主义诗人。——译者注（本书中的脚注均为译者注。）

2　*Moralités légendaires*，儒勒·拉弗格的著作。

参加晚宴，而且每个星期都会写信给布朗太太，告诉她安娜在法国的情况。

我让安娜感觉到我喜欢她，但没有显出挑逗之意。她却说："我只是个普通的英国女孩，你应该认识我的姐姐缪丽尔。她大我两岁，是我的榜样。小时候别人都叫她'黄毛丫'，因为她长着一头金发。她笑容灿烂，所以又被叫作'小太阳'。她比我开朗，也比我乖巧，没有她没拿过的奖，也没有她考不过的试。她演过莎士比亚的戏剧，扮演奥菲莉娅。她在我们村里一呼百应。我们姐妹俩一点都不像，我只会做雕塑。我想念缪丽尔，想听你和她聊天。"

安娜给我看了缪丽尔的照片，照片中的她十三岁，小圆脸，一副少女先知的神气，嘴唇紧闭，双眉利落，眼神认真又透着幽默。

我心中一动。

我问安娜："她现在什么样子？"

安娜答道："你来看就知道了。"

慢慢地，克莱尔和我定下计划去威尔士和布朗一家一道度假。

2 缪丽尔、安娜和克洛德

克洛德的日记

1899 年 8 月，威尔士

海面上矗立的青翠小山、曲曲折折的海滩、入海口、高尔夫球场、零落的房屋。

安娜独自一人迎接了我和克莱尔。

当天早上有人偷走了我们住的别墅的房东弗林特先生的小船。负责调查的警官问他是否要报案。

弗林特先生说："小偷比我更需要那艘小船，所以我不报案了。"

他这话令我十分讶异。交谈之下，我发现弗林特先生和我一样也是托尔斯泰主义者，他奉行得比我彻底。安娜说："在我们这里，这种态度很不寻常。"她又补充说："你明天晚上就可以见到缪丽尔了。"

第二天午餐时，克莱尔和我见到了布朗太太还有安娜的弟弟亚历克斯和查理。我们俩都体会到他们身上那种英国人根深蒂固的保守，安娜对他们说起过我们。这样也好！不过还是要自己判断，不要以偏概全。

从这两个男孩的态度可以看出，法绍达事件、英法两国爆发战争的威胁都已是过眼云烟。

安娜突然出现，满脸惊讶地告诉我们："缪丽尔眼睛疼，你们晚上会见到她，但别盯着她看。"

晚餐时缪丽尔现身了。她比安娜矮一点，一头柔顺的金发，跟克莱尔年轻时一样，眼部缠着一条绿色塔夫绸和医用棉做成的绷带。她大概很不舒服，完全没有跟我们打招呼，偶尔会用一根手指挑起绷带，看看盘子里的食物。她的声音在喉头打转，咕哝着听不真切，她坐得笔直，双手又白又大，看起来很柔软。

最初的几天显得颇为冷淡，每个人做好自己的事，布朗太太管理内务。

有天晚上，安娜问我："晚餐之后跟我走，有空吗？"

"当然有空！"

时候一到，安娜慢慢走出家门，然后跑了起来，像支离弦的箭，对我大喊："来追我啊！"

我追上了她，忘了膝盖的疼痛。

我们来到小港口，她跳上一艘小船，说："别人借给我的，我们到对岸去吧。"

月光皎洁。潮水上涨，河面宽广。我们俩各划一支桨，她在前，我在后。不一会儿船底触到了沙滩，安娜穿着草底帆布鞋跳入水中，我们把小船拉上了岸。她朝着城里有灯火的地方走去，然后停下来对我说："其实今晚我没有什么事情要做，想跟你聊聊，像在巴黎的时候一样。有些话想告诉你，却不知如何开口。"

"但说无妨。"

"是这样的，"她说着在一块矮矮的岩石上坐下，"事情没按我的计划进行。我们俩的母亲彼此欣赏，又十分合得来，我的两个弟弟整天不是在水上就是在泥地里玩，不是打猎就是钓鱼，而你和我要开始画画。都挺好。

"唯一的问题就是缪丽尔，她把自己的眼睛弄坏了。有天夜里她瞒着我母亲给一本书做预习报告交给老师，那本书写的是她的偶像达尔文。现在还不知道她的眼睛有多严重。

"母亲认为缪丽尔应该先问过她的意见，也不该瞒着她。在我们这儿最要紧的是守好本分。缪丽尔承认自己用眼过度，也承认自己为此负责，可是她说必须冒险才知道自己的极限在哪里，而且无须事事都向母亲请示。"

"缪丽尔可真行！"我赞叹道。

"母亲说缪丽尔刻意对她隐瞒。总之全家上下被搞得一团糟。我邀请你们大老远来玩，却让你们在这里过得很乏味。缪丽尔原本是全家的活力源泉，可惜暂时枯竭了。她不快活，让我的心情很沉重。今天晚上我趁机溜出来向你解释。我刚才所说的话请你一定转告你母亲。"

"一言为定。"

"然后……然后……"安娜没有把话说完。我俩一阵沉默。

我想握住她的手。我仿佛听到安娜的声音从远处传来，对我说："……快吻我。"

我为自己的轻浮感到愧疚。我对她说："大家都因为缪丽尔的事不开心，情有可原。我还不了解她，但我相信你。等我看到她的眼睛……"

"……一切都会变得不同！"安娜说完起身跑向水边。

潮水已退，我们试着推动小船。水流涌向大海，而我们欢乐地逆着水流的方向推船，最终偏离方向，在一片淤泥中搁浅。

隔天，我们俩一同去海边悬崖上画画。

我对安娜说："那我就耐心等待缪丽尔康复。虽然没能结识她，我在这里还是很开心。今天下午一起去那个闹鬼的城堡看看吧，好吗安娜？"

她犹豫了一下，回答说："好。"

那座废旧的城堡从高处俯瞰整个港湾。城堡里有个镜子迷宫，一旦踏入，可能永远都走不出来。我们进了迷宫，里面只有我们两个人，眼前是镜子照出的无边无际的映像。我们在迷宫里行走、迷失，稍稍错开一步便看不到对方，尽管能听见对方的声音但找不到彼此，然后又迎面撞上，重新一同前进。我想要走到迷宫外面去，安娜拉起我的手放在她的肩上，对我说："别放开，我来找出口。"她用脚尖触碰镜子底端探路，像一个舞者，又像是一个善良的向导。想必即使是在英国，不少人也曾在这迷宫里偷偷接吻。

亚历克斯和查理教我玩板球。一共十几个人在草坪上玩球，包括安娜。我比较迟钝，不太明白规则。亚历克斯记下了每个人能把球投多远，我能投到八十一码[1]。
"这算不错了，尤其是对一个……"查理话说了一半便
不吭声了。亚历克斯说："世界纪录是一百三十码。"我
们也打网球，不过这两个男孩一心想着打猎和钓鱼。我
们还一起割草坪，看着翠生生的青草从割草机中喷出。

我们去海里游泳，缪丽尔也去，牵着安娜的手走
路，就像个盲人。我们在海水中裸泳，男女分开，彼此
距离两百米远，谁偷看就会被赶出水。尽管我对女孩们
非常好奇，但是我挺喜欢这种被迫老老实实不偷看的
做法。

渐渐地，缪丽尔在家里出现的次数越来越多，只不
过眼下的她并非安娜先前描绘的那样光彩照人，而是一
个痊愈中的病人。她拆下了绷带，换上了一副大大的深
色眼镜。透过镜片，我能看到她的双眼肿胀无神。她拿
起高尔夫球杆在既没有球又看不见的情况下练习挥杆，
动作灵活而敏捷。

晚上，一帮年轻人聚在客厅里，玩猜谜、抢椅子游
戏还有即兴表演。缪丽尔输了游戏，被罚当场表演奥菲
莉娅的一场戏，她闭着眼睛演，浑身散发光芒。

---

1 英美制长度单位，1 码等于 3 英尺，合 0.9144 米。81 码约等于 74 米。

周围的人隐隐约约把我和安娜视为一对，因为我们常常在一起，他们认为我们互相喜欢，彼此逗弄，连房东弗林特先生也这么以为。我和安娜总是一大早就带着折叠画架一同出门去画画，顺便继续我们的语言交换课。安娜有时候喜欢不断抱怨，她会意识到这一点并且自嘲。我没有亲生姊妹，开始把她当作姊妹，并喜欢上了这种感觉。

1899 年 8 月 15 日

安娜对我说："我约了缪丽尔明天和我们一起去，她不能画画，但可以散散步，享受一下山顶的微风。"

我们三人沿着羊肠小道往上爬，安娜走在最前面，缪丽尔紧随其后。她戴着一顶绿色的宽檐遮阳帽，说话声音热情又清晰。她走路的姿势很特别，每走一步，髋部就左右扭摆，显得强健又坚定。其他女孩这样走路也许会让人觉得风骚。她第一次表现出这么欢快的样子。我看见她浓密的金色发髻下露出的白皙脖颈，于是我私下给她取了个外号叫"脖子"。

到了山顶，我们坐下来。缪丽尔对我说："安娜常常提起你。我眼睛没受伤的时候她会让我看你寄给她的书。那些书我并没有全读懂，也不完全赞同，但总的来说你让我们颇受震动。我们该如何感谢你呢？"

我答道："我想看清我眼中的神秘的英国。对一个法国人而言，这不是一件容易的事。还好有安娜带着我。"

安娜说："缪丽尔能给你更好的帮助。"

缪丽尔说："是不是更好说不准，但必须是真心的帮助。我想跟你学说法语，我已经会用法语阅读了。作为交换，我和安娜一起教你把英文说得更漂亮，如何？"

"求之不得！"

"那我们马上开始？想知道你的英语发音有哪些主要问题吗？好，有这些问题。"缪丽尔滑稽地慢慢模仿我的腔调，向我解释问题所在，要我重复念一段话，直到发音改善为止。

"至于我的法语发音如何，我来朗读这篇《狼和小羊》的寓言故事给你听听看。我读完之后安娜读，然后你来读。"她便开始朗读起来。

她吐字清晰有力，模仿凶狠的狼和天真的小羊时语气生动，发音却滑稽可笑，几乎无法理解。安娜和我大笑起来，缪丽尔也笑了。安娜再读了一遍这个寓言，她的口音就像是已经巴黎化的英国女孩。接着我又一个音节一个音节地读了一遍。这是我们三人一起练习语言的开始。

1899 年 9 月 5 日

安娜所言不虚，缪丽尔果然在我们三人中一马当先，因为她创造力十足又精力充沛。我们毫无保留地接纳了她。"其实我早就注意你们俩了，一直想加入，就是不敢开口。"缪丽尔说。我们三人从此变得形影不离。

我喜欢她们不虚荣和爱运动。她们也从不议论别人。缪丽尔说过："有机会为别人提供帮助的时候，我们不应该想着享受清闲。"她常常援引《圣经》，安娜则引用法国诗人魏尔伦，我偏爱引用堂吉诃德的仆人桑丘。

某天安娜有事，缪丽尔问我是否愿意陪她，她也想去城堡里的镜子迷宫。安娜对她说："可别指望克洛德带你走出迷宫啊！"然后我们便出发了。

这一次，我开始捉摸到了迷宫的机关和镜子摆放的角度，不过我故意在里面迷路。我们俩在镜子映照的影像中失去了方向，一步一步地挪动脚步，胡乱摸索，迎头撞上镜子，仿佛置身于令人眼花缭乱的万花筒之中。我们失去了耐性，缪丽尔此时对我说："把手给我。"然后她用丰满结实的手拉着我，另一只手快速地拍抚着镜子，手指往后弯折，手背上露出肉涡。时隔一个月，相

同的场景，我不禁被安娜和缪丽尔两姐妹的相似和不同
所触动，同时也为她们都把我当成兄弟而感慨万千。这
一次，缪丽尔比安娜更快地带我走出了迷宫。

　　某天早上，我和缪丽尔没有穿斗篷就去爬山，到达
山顶后突然下起大雨，我们只得躲进岩洞避雨。洞顶很
低，内部狭小，深仅约两步，地上的草已泛黄。我们俩
必须紧贴着岩壁，以免被淋湿。雨下得越来越大，完全
停不下来。我们在石头上坐得很不舒服，像是史前时代
居住在洞穴里的人，历经千辛万苦。我不敢提我幻想
中和她的孩子。

　　雨过天晴，我们不太情愿地下了山，由于耽搁太
久，没赶上午餐。两位母亲都很担心，安娜却一点也不。

　　缪丽尔迫不及待地想去见识见识巴黎，安娜则很想
和缪丽尔一起住在巴黎。她们说服母亲把岛上的房子出
租，举家搬去左岸生活八个月。两个弟弟住校，假期再
跟她们聚首。

3 左岸

克洛德的日记

1899 年 10 月，巴黎

她们抵达巴黎，找到了一个景观绝佳的四房公寓，离我们家仅两分钟路程。三人搬进去之后便开始动手粉刷，添置家具。

她们买了漂亮的大木箱、几大卷布料，然后开始锯东西，钉钉子，裁剪，做格子架、椅子、椅垫，还有一个书柜。安娜手腕纤细，不如缪丽尔和她母亲有力气，所以她主要负责粉刷和采买。

三周时间就完工了。为了庆祝乔迁之喜，她们邀请我和克莱尔吃饭，准备了精致简单的菜色，毕竟她们来法国不是为了下厨的。

缪丽尔和布朗太太从未来过巴黎，因此我们带她俩开始了一场巴黎朝圣之旅。我陪缪丽尔欣赏了著名的《米洛斯的维纳斯》雕像，还有被视为洪水猛兽的印象派绘画，然后是教堂，最后一站是巴黎圣母院。

我们在圣母院停留了很长的时间，缪丽尔与钟塔平台上那个俯瞰整个巴黎城的恶魔雕像进行了一场漫长的无声对话。她还在圣母院最高处的锌制屋顶上坐了很久，我在她的身后等待。我们凝望着圣母院的侧壁、屋脊、拱扶垛和中央塔尖两侧排列的一组青绿色塑像。管风琴的声音让我们深受震动。有朝一日我会爱上缪丽尔吗？

安娜每天下午做雕塑，晚上和我们一起去红色音乐会。圆桌、奶油咖啡、抽烟的人。大提琴演奏者的肩膀和发丝随着手臂上下舞动。

缪丽尔问安娜，那些与画家同行的年轻女子到底是什么身份，在她眼里她们既优雅可亲又很不寻常。"她们已婚吗？"她问。安娜回答："不是个个已婚。"

缪丽尔在巴黎如鱼得水，安娜因此特别高兴。她们的母亲为了爱上法国文化，开始读英文版的雨果名著《悲惨世界》。她对克莱尔表示："我在英语小说里从来没有读到过像米里哀主教这样美好的角色。"

她的两个女儿读罗登巴赫[1]和萨曼[2]，同时在索邦大学上文学课。莫里哀使她们惊叹，而拉辛令她们厌烦。克莱尔带她们去人群聚集之地，我则带她们去参加舞会。她们最喜欢去各个街区的咖啡馆和看街头表演。她们说："我们在这里的时间不长，谁知道什么时候才能再来？不如看看最吸引我们的东西。"

某一天，我们看书看累了，外面又下着雨，缪丽尔提议我们三人比赛爬楼梯。公寓有六层楼，爬到顶楼再下到底楼，看谁最快。于是我们拼命跑起来。我腿长，上楼时占了上风，不过下楼时我慢了，她们俩却像老鼠似的一溜烟同时到达底楼。缪丽尔提议两人再来一场，决出胜负。我负责给她们望风。因为门房太太之前听到响动以为来了窃贼，出来喝止。

她们家雇了一个清洁女工叫克罗蒂娜，新婚不久，身材健壮，个子和缪丽尔一般高。缪丽尔向她借了衣服、头巾、帽子，乔装打扮一番，来到我家仆人出入专用的门前按响门铃。通常那个点儿我不在家，可那一天我刚好在。于是我开了门。

1　Georges Rodenbach，1855—1898，比利时象征主义诗人、小说家。
2　Albert Samain，1858—1900，法国诗人。

"嘿，克罗蒂娜！进来吧，有什么事吗？"我问。

缪丽尔看到是我很意外，递给我一个包裹。我把她引到侧厅，那里的光线比较明亮。

"缪丽尔，是你啊！"我惊呼。

"把包裹还给我！"她一边说一边伸手夺回包裹，旋即下楼。

当天晚上我问她："到底怎么回事？"

"只是一个恶作剧，目的就是逗你母亲开心，戏弄你一下。失败了，别再提了。"

"那个包裹里到底装了什么东西？"

"不能说，这是个秘密。"

我再也问不出别的了。

克莱尔提到安娜和缪丽尔时总说：我的两个英国女儿。

1900 年 3 月，巴黎

我骑马、玩西洋剑、打回力球。我选修了很多超过本专业要求的课程。我去看戏，也去舞会。我疯狂地读书。我患了失眠症：一些念头在脑海里不停地翻腾，一刻都无法停止。我在想象中重新下了一遍最近的一局西洋棋，背诵我喜爱的文章，记下所有我想对安娜和缪丽尔说的话。长期的疲劳终于让我感到身体不适，我开始变得消瘦，眼眶凹陷。以前我特别喜欢夜晚，现在却害怕它的来临。

我的老师阿尔贝尔·索莱尔对我说："两年半以来你一直努力学习，但是你没有经得起考验的名气、财富和健康。你是个理想主义者，充满好奇心。不要参加会考了，去旅行、写作、翻译吧。学会四海为家。英国的优势之一就是拥有在世界各地收集情报的人才，法国正缺少这方面的人才。你可以马上开始。"

我的老医生告诉我："你正在毁掉你自己的本钱。你已经把膝盖摔坏了，马上还要把脑子也用坏。你应该抛下一切，迎接新生。我把你转到阿尔萨斯省的科奈普修道院，那里专门治疗你这样的病人。"

克莱尔和我的两个姐妹赞成我去科奈普，所以我接受了这个安排，收拾行囊。

缪丽尔的巴黎日记

1900 年冬

（私密，这些都是写给我自己看的。）

星期二

克洛德向我介绍了罗丹。他偶尔会一面皱着眉头用心思考，一面说出蠢话。

星期三

跟我的法国弟弟一起散步。我们谈到不同气候会造就不同的道德风尚。他帮我理清了思路。我脑子转得真慢。

无政府主义理想？各人构建各人的道德。奇怪。

我不再觉得克洛德的眼睛漂亮了，但是他的个性从那双眼睛里反映出来。

天主教徒不如我们自由。

在法国，仍有许多年轻人的婚事由父母决定。

星期六

我去拜访了圣母院的恶魔，和他聊了聊——我配得上拥有克洛德这样的朋友吗？我可以成为配得上他的人并永远留住他吗？

1900 年 1 月 10 日

晚上在克洛德的祖母家做客，她是一个沉默、有个性、善良的女人。

1 月 20 日

我从睡梦中醒来时大声说道："克洛德，我喜欢你！"

没关系，反正是在梦里。

克洛德会教我如何对母亲和气点……

可以像这样喜欢好几个男人吗？我想是不能的。

2 月 5 日

克洛德说有必要了解一切，包括可怕的事物。他还说闭起眼睛享受命运赐给你的好处是一种懒惰。

那是在夜晚的塞纳河畔，望着河面舞动的波光，我感到疲惫而又幸福。

2 月 7 日

我看书看得太多，母亲为我的眼睛和情绪感到难过。克洛德、安娜还有我只要有机会就在一起。

2 月 8 日

克洛德建议我写读书心得。我很乐意，我想让他知道我心里的一切。

2 月 9 日

我们三个人一起去布洛涅公园骑脚踏车。克洛德的话太多了。

2 月 20 日

有则社会新闻我没看懂，克洛德给我解释了：有个被男人抛弃的年轻女孩为了抚养自己的孩子被迫卖身，后来成了小偷。克洛德谈到了男女之爱。什么是男女之爱？世间只有一种爱，那就是真爱。

2 月 24 日

克洛德的母亲（他叫她克莱尔）跟我说我的健康状况令我母亲担心，而克洛德的健康状况令她担心，还谈起了我和克洛德的共同点，说我们俩都过于用功，这样总是会拖累身体。

2 月 24 日

也许她说得没错？克洛德现在被送到阿尔萨斯疗养。我母亲也威胁说要把我送回英国，去姊姊家休养眼睛和脑子。

我可是她的女儿，让我这么匆忙就离开巴黎！等我再回到这里的时候就成了普普通通的异乡客。我去缅怀了一番我们喜爱的各个乳品店，从蒙帕纳斯一直到圣母院。

我爱巴黎，爱它的小街小巷和街巷里的人，温馨、丰富、深厚。

我买了一些书。

巴黎，还有克洛德，你们对我产生了极大的影响，我觉得自己身上的一部分属于你们。

克洛德和我，我们将同时被放逐，天各一方。

（岛上，1902 年 1 月 28 日

我在这份日记里看到了浓烈的友情、浪漫，但并不存在我所认为的爱情的痕迹。——缪丽尔）

4 这里和那里

克洛德写给缪丽尔的信

1900 年 3 月 1 日，索南伯恩（瑞士）

我在科奈普修道院学习了纪律、摄生法和用大量冷水治病。

当初你也可能被送到这里来，这儿有专门收治女性的部门。

修道院院长讯问了我，用锐利如鹰眼的眼睛打量我，填写了一张详细的记录表并收了起来，然后对我说："去吧。"

第一夜思绪翻腾。晨曦初露时，我看到两名壮汉进入房间，他们身穿白衣，军人气势。他们要我下床，然后将一张粗糙的床单浸入一桶冷水中，拧干，铺在床上，示意我躺到上面。我摸了摸床单，说："不。"

这两个坏人之一威胁我："在这里要么服从，要么离开。"

我准备反抗。

另一个又说："你试一试。刚开始很不适应，但之后就会感到非常爽快！"

他的话引起了我的好奇心，于是我跳上床，在潮湿的床单上躺平。两人用床单将我整个人包住，仅露出头，再用被子卷住我，便离开了。

我冷得无法呼吸。停止颤抖之后，有种舒适之感传遍全身，我什么也不想地睡着了。希望他们每天早晨都给我这样服务。

来这里试试吧。

把这封信转寄给安娜：因为我不能动笔写太多。

1900 年 3 月 20 日

我喜欢修道院的生活。我们每天在日出时动身，赤着脚踏着雪穿越森林。这真是难以想象的奢侈。同伴们患有精神衰弱，其中有的人还挺讨人喜欢。这里禁止用脑，只有星期日晚上我才能在大客厅里画画。

我远远地观察一个肤色雪白、一头英式鬈发的女孩，画了她的肖像。她唱着歌，她的未婚夫在旁陪着，衣服的高领浆得挺直，是个激情的浪漫派。他看到了我，走过来彬彬有礼地要求我跟他决斗，否则就把肖像画撕了。我把那幅画给了他。

1900 年 4 月 18 日

我只告诉你一些琐事，也请你照样做，因为这里只允许我这样写信。

我和一个来自奥弗涅的大学生成了朋友，他有广场恐惧症。他可以跟我一起骑着脚踏车到处跑，但每次穿过广场时我都得牵着他走。

修道院里的冷水疗法花样很多，也很舒服。我想你一定可以发明出更多法子，成为院长的得力助手。我能想象你给病患问诊的样子。

我到邻村去玩了一场九柱戏。看着光滑漂亮的黄杨木球在滑道上滚动，不知为何我就想到了你们俩。

1900 年 5 月 27 日

你现在不看书，也恢复了良好的睡眠！你在信中说要和安娜、布朗太太还有克莱尔一起到隆纳河谷的小木屋旅舍等我。我真不敢相信！

克洛德的日记

1900 年 7 月 6 日，西昂（瑞士）

我在约定的时间到了山谷谷底的教堂与安娜碰面，她表现得很矜持，做了祈祷。走出教堂，她便露出率真的微笑。

她领着我一直往前走，到了一家机枪射击场。那里正举办一场射击比赛，男女都可参加。安娜为我和她自己一起报了名。入场要收费，每个参赛者向三百米远处的靶牌射击五发，当日成绩最佳者可以得到钱箱里的所有钱。

安娜趴在地上，整理好裙子，慢慢瞄准，射击五发。我看到每一次的后坐力都让她的肩膀一震。她好几次射到了靶心黑点，我也是，然而都不够接近正中，但成绩还算不错，赚回了入场费。

我们俩将脚踏车留在修车匠的店里，背着背包上了山。我们走的是一条专走雪橇的道，攀登起来非常艰难，要爬将近一千米，羊肠小路又曲曲折折，所以安娜不得不来接我上山，太好了！

安娜带着英国山民特有的架势走在前头，虽然森林里有草地也有树荫，但我们走得浑身大汗。她每走一段就会找一个新砍的柴堆，铺上毯子，然后我们在上面躺下休息五分钟。一路上，我们反复穿过同一条激流。安娜说："这是我们的朋友。它在山顶小木屋旁的岩石上形成了几个很棒的天然浴池，几条小水流从高处落下，冲在你身上就像按摩，每个人可以选择自己喜欢的浴池。"

假如没有安娜同行，如此漫长的攀登过程中我肯定会感到无聊。她的镇静让人很舒服，深深地感染了我。

"我们终于到了，你要不要马上体验一下激流冲刷的感觉？"她问我。我们都拿了一个水盆去冲澡，彼此隔开一段距离，洗完之后神清气爽。

安娜粗声粗气地喊了一声"哟"，从一棵歪歪扭扭的大树中传来了一声更为低沉的"哟"，那是缪丽尔。

缪丽尔对我们喊道："放下背包爬上来。这里是我的客厅，刚刚完工，可以坐三个人！"

我们往上爬，缪丽尔对我伸出手，我握住了。她的眼睛闪闪发光。摸索了一会儿之后，我们三人都稳稳当当地各自坐在一个树杈上。我专心听着她们的声音，仔细地看着她们，一起讨论详细的假期计划。

缪丽尔说："今晚继续。去见我们的母亲吧。"

两位母亲坐在小旅舍的阳台上，这个簇新的旅舍散发着树脂的气味。她们为我们举办了庆祝活动。旅舍房间极为狭小，只能用于睡觉。从窗户看出去是一片长满玛格丽特花和黄毛茛的草地。

我们有好几个星期的空闲，不知道从做什么开始。

亚历克斯从牛津大学来，查理从学校过来，草地的草长得太高，没法玩板球。

于是，他们玩起了躲避球。

亚历克斯投球，球平行于地面飞出，似乎不往下掉。我在一旁摆弄木球棒，看着他们玩。两个女孩儿动作很灵巧，缪丽尔玩得十分投入，不时发出大笑。

结束之后，我们玩起了猫捉老鼠的游戏。亚历克斯扮演猫，他迟疑了一下，选中了我，朝我扑过来。安娜拍手大叫："好戏开始了！"我像以前一样拔腿就跑，忘记了膝盖受过的伤。草里好像有个坑，我踩到了，膝盖一响便摔倒了，疼痛不止。亚历克斯让我靠在他腿上躺着。

我卧床休息八天，后来两个星期都挂着拐杖走路。我的两个姐妹陪伴我。我摔倒的时候克莱尔也在，她连起身查看一下都没有，这种危险她见惯不怪，也不紧张了。

我们三人又开始一起读书。缪丽尔能读法文了，安娜勉勉强强。偶尔我想摸摸她们的手。

8月10日

我和亚历克斯一起背着背包到山上去猎捕岩羚羊。亚历克斯是探险队队长，带着一把瑞士机枪。

我们爬到海拔两千米高处安营扎寨，亚历克斯教我怎样一层一层地堆积细细的松针做成床铺。我从他身上看到了安娜的举手投足，从他的脸上我依稀可以辨认出安娜帮助别人时露出的微笑。我第一次在他身边感到轻松自在。

我想象着两姐妹此时跟我们在一起的话会怎么样做。

我们看到一条走兽踏出的小径，走兽空无踪影，小径中间长着一棵大树，树皮上有剐破的痕迹。我停下脚步，背靠着树干，仰望树顶。亚历克斯说："不，跟我躲到树干后面去。"

"那不舒服啊！"

亚历克斯笑着说："队长是我吧？我一会儿跟你解释。"

我照做了。一些石块突然从高处坠落，噼里啪啦地掉下来，其中有一块砸中树干。

我说："谢谢你，队长。"

我们在一座隘口附近扎营。日出时，亚历克斯对照着地图用望远镜查看四周环境，然后吩咐我："那就是岩羚羊聚集的高地。我一个人去，你留在这里。干干杂活，看看风景，自己找找乐子，准备一下晚餐。"

我正要表示不满，他竖起一根手指在唇上，说："我有义务保护你的膝盖，况且我们只有一把枪。"

一整天，我望着太阳在山中东升西落，想起了住在山中的隐士，然后煮了燕麦粥。

夜幕降临，仍然不见队长亚历克斯的影子。

难道发生了意外？需要通知城里的向导吗？

我一直等到第二天中午，亚历克斯也没回来。我背负着沉重的行李下山了，在途中睡觉休息。

布朗一家胆子大，他们说："亚历克斯身体非常好，行事又很谨慎。他一定是因为捕猎忘乎所以了，肯定会平安回来的。"

搜救队出动了，但一无所获。亚历克斯失踪后第五天，我们收到一封电报："亚历克斯因为无意间闯入了岩羚羊保护区，所以被逮捕，关在邻镇的监狱里，几天后接受审判。"

我们到监狱去看他，发现他心情颇愉快。由穿着蓝工作服、戴红色帽子的农民组成的法庭审理了他的案子，认为亚历克斯是无心之失，所以只罚了他一大笔罚款。这场冒险拉近了我和亚历克斯之间的距离。

1900 年 9 月 5 日

这个夏天如同一场梦，和她们俩在一起，一切都是那么自然。每天都可以写写她俩，不过我情愿把时间花在欣赏这一对姐妹上。

小木屋九月结束营业。亚历克斯和查理回了英国，安娜为了雕塑和克莱尔一起回到巴黎。

我和缪丽尔这两个已经康复的病人跟着布朗太太在卢塞恩湖畔去住十五天。我整天跟着缪丽尔划船，是一种平底小船，人在船里直立，面朝前方，双桨在身前交叉。我们俩在船上用餐，缪丽尔教我如何准备食物。我一定会想念她的。

我们俩曾吵过几次架，不过很快又和好了。她觉得我是被宠坏了的独生子，典型的法国人，而我觉得她粗暴，对自己太自信。我写了一首诗，关于她、湖和月亮，寄给我的朋友乔。乔回信说："你会爱上她。"

不可能，我爱的是她们俩。

有天夜里，暴风雨突然来袭，狂风将船篷掀起，我们的船在暴风骤雨中飘摇，船桨完全用不上。我们被吹到一个小海岬边的花园里，旁边是一幢灯火通明的别墅。别墅主人以为我们是一对小情侣，看我们浑身湿透又疲惫不堪，于是提出让我们留宿在有双人床的大房间里。他们可真好心！难道这是命运的安排？

为了不让布朗太太担心，我们冒着雨步行离开了。

我和缪丽尔、布朗太太三人乘缆车上山去远足。本来打算回去吃晚餐，没想到缆车已经不再按夏季时间运营，提前停了。结果我们晚上十点才坐火车下山，火车一路颠簸，逢站就停。车厢里空空荡荡，只有我们三人，都没穿外套，寒气不断渗进来。

布朗太太开口说："这样下去，我们都会染上风寒。得想办法取暖。缪丽尔，我们来玩去年和亚历克斯玩的那个游戏吧？你知道的，挤柠檬。"

缪丽尔回答道："母亲，好主意！你来坐椅子中间，克洛德坐左边，我坐右边。克洛德，我们背靠着我母亲，用脚抵住墙，然后用力。"

我一开始觉得这样做不太合适，后来又觉得很实用且有趣。布朗太太像是被两个球员夹着的一个球，一会儿被挤向左边，一会儿被挤向右边。

缪丽尔对我说："现在你坐中间！"

　　我乖乖顺从，她们开始挤我，力气比我想象的还要大。布朗太太和她女儿配合得很好，有时她们会高声数数，并同时摇动身体。我第一次想象布朗太太年轻时应该也很机灵漂亮。

　　至于缪丽尔，她用力推挤的动作让我感觉不得体。她和我几个月来朝夕相处，我总是小心避免碰到她的手指或者盯着她白皙的双手，但她现在将整个背部紧贴着我，用尽全力挤我。

　　接着轮到缪丽尔当被挤的那只柠檬。我简直反应不过来。她的身体弹性十足，太阳穴冒出汗珠。我不敢细嗅她身上散发出来的气息。

　　"我想应该足够暖和了。"布朗太太说。

　　布朗一家启程回英国，我则入伍了。

5 克洛德在军营

克洛德写给缪丽尔和安娜的信

1900 年 12 月 9 日，马延省

由于我的膝盖有伤，他们让我延迟入伍，可是我不愿意。

我现在身处诺曼底和布列塔尼之间，身边全是农夫，而我在体力劳动方面是一窍不通。前几个星期很辛苦，不过很快就会过去。我是整个军营表现最好的一个。我射击精准（比安娜差一点），百米跑又是第一名，因此获准每个周末可以回城里过夜。我知道自己是个被宠坏的孩子（你们同意对吧），所以我挑了最脏最累的活儿来干，拒绝了惹人艳羡的办公室秘书一职。每天早晨，我站在练兵场上看着日出。操练兵器在我看来很有意思。

地面覆盖着白雪，我们用长凳将积雪推到大院子里。星期天，我骑着自行车在院子里的雪地上钻来钻去。这是我和你们对话的时刻。我的自行车在这里是个新奇玩意。

1901 年 1 月 15 日

起雾了，地上全是泥浆。我在军营走廊上游荡了两天，冻得哆哆嗦嗦，于是发烧了，体温升高到了需要特别照顾的程度，我终于住进了医务室。

下面给你们讲一个故事。

住进医务室的头一天晚上，我突然感觉床快翻了，原来是蒙马特俱乐部成员在将大病房里的病人转移到两间较小的病房，以便表演他们的节目。午夜一过，军官就回城里过夜去了，不会来偷袭查房。三个巴黎人为了一直待在医务室里，每次测体温的时候都利用危险的手段使自己的体温升高。他们透过窗户的铁条放下绳子，提上来一瓶瓶酒。发高烧的病人被安置在一边，能站稳或坐稳的人都聚集在大病房里。用报纸做的灯罩遮着蜡烛，在朦胧的光线中上演了一场蒙马特晚会。他们弹奏着用雪茄盒子做的吉他，唱着改编过的知名歌曲，有讽刺歌谣，有伤感的情歌，还暗讽军营里的事。他们不怕坐牢，只怕被送去惩训连。

三位表演者邀请观众和他们一起低声唱副歌部分。大家都要酒喝，没钱的人也可以喝。三个巴黎人并没出酒钱，这些农夫观众很老实。大家都不让多喝，以免有人喝醉了闹事，惊动守卫。不久，我病好了一些，也参加了这种晚会。那三位艺术家可以算是一种传教士。

我在医务室住了十天，你们的身影不停在我的脑海里萦绕。我仿佛看到缪丽尔身穿护士服，微笑着整理东西，安娜在吉他手身边拉小提琴。

1901 年 4 月 2 日

我在医院住了一个月，回到克莱尔身边休养六个星期。经过军营生活之后，再看我学生时代的房间简直像天堂。我很快康复了，在克莱尔和医生的鼓励之下，我决定要实现一个夙愿，去西班牙待八天，参观普拉多博物馆。

克洛德的日记

芭拉

1901 年 5 月

（这是我私密日记的一部分，暂时不能给你们看，不过我的姐妹们，有一天我会说给你们听的，毕竟我们之间没有秘密。我并不后悔。我只是原原本本地记下来。然而对你们而言，这算是一种告解。）

去马德里的路上。

火车已经晚点了差不多八个小时，不过，在西班牙这很正常。我的座位在二等车厢，车厢里只有我一个人，很无聊。三等车厢似乎比较热闹，于是我跑到三等车厢里坐下。旁边的旅客不停跟我说话，我听得懂他们问的常见问题。他们请我喝酒抽烟，一口接一口，一根接一根，我都不知道他们是不是在捉弄我。原来不是。

到了布尔戈斯，我径直去了主教座堂。门外阳光灿烂，门内一片昏暗。大教堂里没有椅子，我被躺在地上的一个信徒绊了一下脚。旁边有一座小礼拜堂熠熠发光，于是我走了进去。圆顶被大蜡烛照耀着，一位神父正在举行祭礼，两名僧侣双膝跪地，如同苏巴朗[1]的画中一样。毗邻的小礼拜堂一团漆黑，里面突然响起了一段短短的军乐，直击我的心脏，在穹顶之下震荡。

在第一排信徒中，一个十分年轻的女人和其他人一样双膝跪地，看起来既腼腆又激动，她重重地捶胸悔过，声音很响。她一定把自己捶得很疼吧？她佩戴的首饰既简单又粗犷。

我一直看着她。接下来的祭礼过程中她回望了我一眼。小礼拜堂里的人一个个走了，剩下她独自待在原地，匍匐着。蜡烛一根接一根熄灭。

她站起身，轻轻地走近幽暗的中殿。我尾随着她，撞到了一排栅栏，不见了她的踪影，也不知道该往哪里走。我摸索着靠近出口的指示灯。我以为走出去会看见她在街上。她应该已经走远。

此时她又从黑暗中出现了，走向圣水池。我将手伸进圣水池，然后捧起一抔水递给她。她伸出手指蘸取了圣水，我们都画了十字。

我为她推开沉重的门扇，她跨过这道门，我随后跟

1　弗朗西斯柯·德·苏巴朗（Francisco de Zurbarán，1598—1664），西班牙画家，成名于宗教画。擅长描绘僧侣、修女、殉道者以及静物。由于其对于明暗对照法的出色运用而被称为"西班牙的卡拉瓦乔"。

上。再往前走大概两步还有一扇门，两扇木门之间暂时只有我们俩。刚刚蘸过圣水的手指再次相触。

"你会说西班牙语吗？"她问我，语气平缓。

"马马虎虎。"我回答，一下子为自己学过西班牙语而感到庆幸。

"远远地跟着我走，直到我回头为止。好吗？"

"好。"

她很快走了出去，我则若无其事地跟在她身后差不多二十步远处。她披着头纱，头上插着高耸的发梳，手持扇子。几个男人向她恭敬地打招呼，也有几个女人向她挥手致意。她走起路来又快又稳，就像一只小公鸡。我就要在阳光下看到她的双眸了。她一路将我引向一座长条形的公园。公园的入口很热闹，深处却人迹稀少。她逐渐放慢了脚步。突然回过头，在一条石头长椅上轻松而挺直地坐下。

我走到离她两步远处停了下来。她示意我坐下。

我仔细地端详她。

"够了！"她挥了一下手，"你叫什么名字？"

"克洛德。"

她很认真地重复了三遍我的名字。

"我叫芘拉。"

"芷拉，芷拉，芷拉。"我学着她也认真重复了三遍她的名字。

"怎么样？"她说，抬起睫毛。

我用指尖触碰了一下她蘸过圣水的手指。

她没有收回手，任我触摸，我亲吻她的手指，彼此眉目传情。我的眼睛很痛。很清楚，她对我充满善意。我不禁激动起来。

她对我说："我与母亲住在一起，但我有个朋友可以把她的住所借给我。你继续跟我来吧。"

就这样，第二段美妙的散步开始了。芷拉穿过几幢房子之间狭窄的缝隙，下坡，再上坡，打开一道铁门，又穿过一座小花园，从一幢宅子下走过，转过直角，爬上一段楼梯，走上露天阳台，进入了一间地面铺着石板的白色房间。房间里有一尊黑色的木雕耶稣像，红色的鲜花，床上并排摆着两个大枕头，铺着干净的床单。

芷拉亲吻了一下我的嘴唇，接着发生了完全出乎意料的事。她身上的轻薄衣物散落于地，我的衣服也是。我们一起到了床上。

"这是我的第一次。"

"这可能吗？"芷拉开心地笑了。

"直到十一岁我都以为公园里的裸女雕像没有小鸡

鸡是因为雕塑师考虑到公众的观感，后来我在画室里看到了裸体模特，我几乎有点怀念我想象中的女人。"

"那我呢？"芷拉问我。

"你恰到好处。"

"继续说下去。"芷拉说完继续教我……

我这人讨厌又多疑，但对这位琥珀色头发的女祭司，我满怀尊敬。在她的怀抱中，我感觉自己从榆木疙瘩变成了一个男人，我既惊惶又感激。

突然，她用柔软的掌心拍了拍我的脸，将我推开，一双乌溜溜的眼睛盯着我，叹息。

我眼前浮现了缪丽尔和安娜的面庞，很奇怪。她们跟芷拉是同类型的人吗？如果有一天她们爱上谁，也会这样毫无保留地委身于他吗？缪丽尔和安娜属于另一个世界，而我很快也会回到那个世界，我现在经历的事情在那里是不容许发生的。

夜幕低垂时，芷拉吃着一个凉的可丽饼卷，问我："克洛德，你在布尔戈斯停留多久？"

我想了一下，回答说："待到明天早上。"

"你想要待久一点吗？"

"想啊。"

"那为什么要走？"

"我是个军人（我想起了《卡门》）。我要去马德里，然后回巴黎，而且我也没有多余的钱。"

她沉默了一会儿，然后开口说："听我说，钱我也没有，不过我有个主意。你和这里的男孩不同，对女孩来说你就像个奇珍异品。我认识一个年轻女孩，她有一幢豪宅，又很喜欢结交男孩。我可以今晚带你去见见她，如果你们彼此都有好感，那我们俩就可以在她家住几天。"

我想为了芷拉留下来，但是只为了她一个人。她的朋友会让事情变得更复杂。同时，芷拉的提议使她在我心中的位置发生了变化，我并不是因此不那么喜欢她了，但是我那北方同盟主义情绪却越来越浓，反对这一提议。我预感到会发生很对不起缪丽尔和安娜的事。

芷拉从我的眼睛里读出了我的心思。

"如果你要走，那最好马上就走！"说完之后她跳下床。

她穿上衣服，结束了这场我很喜欢的游戏。她看着我慢吞吞地穿好衣服，对着耶稣的雕像画了个十字。我将手表上的装饰纪念章摘下来给她。她略微耸了一下肩，收了下来。

她变回一本正经的样子，远远地走在前头，带着我走回那几幢房子之间的缝隙处。她左右望了一下，没人，便招手叫我。等我走到她身旁，她伸手摸了摸我的头发，然后将我一把推开。

我感到非常孤独，找了间旅馆过夜。我突然想起忘了问芘拉的地址和姓氏！我再也见不到她了。真想给她写信。

我怀疑圣水池前的相遇并非偶然，不过不管怎样都不会影响这一次邂逅留给我的记忆，我会原原本本地记住。

（接下来是我在马德里的手记，也许我会给缪丽尔和安娜看。）

1901 年 5 月底，马德里

我住在太阳门广场的一家旅馆里。在餐桌上，我和一位四十来岁的批发商交谈。他嘴唇暗沉，穿着白衬衣，戴着金链。聊着聊着，他建议我趁着年轻早结婚。他向我重复说着他妻子的好，为他的生活带来愉悦，还给我看了她的美丽肖像。他十分肯定妻子比他出色。他还邀请我以后路过他们的省份时去他们家拜访。

当晚，他进一步向我吐露了自己的秘密：因为生意上的事情，他每年要在西班牙各大城市之间出差数周，这段时间里他并不会带上妻子，不能多与妻子温存。可是对男人而言女人十分宝贵，只要身边一刻没有女人，就仿佛迷失了方向。为此他会如此安排：住进大酒店之前，他会发电报给他们，上头写着一个暗语，表示需要绝色美女相伴于床上。如此一来，他便可以在短暂的出差旅行中不断向女人致敬，同时将这些女人和妻子做比较，回到家就会觉得自己的妻子更美妙动人。

我问："假如，有一天您的妻子无意中发现了什么，怎么办？"

"那将会是两场悲剧。"他含糊地回答，"不过这是不可能的。"

"假如，您的妻子干脆也照着您的方式去快活呢？"

我以为对面的这个男人会抓起点心刀刺向我，并没有。那么我等着他给我一记耳光，不过这也没发生。他好不容易压住怒火，却仍有一种仿佛遭受妻子背叛后的凄凉。

他对我说："你太年轻，又是法国人，所以才会无心说出这样冒犯我的话。你完全不懂西班牙所谓的完美夫妻是什么。我爱我的妻子，其他都不重要。你刚才提的假设，简直是无稽之谈。"

"佩服！"我回答。

这个男人又恢复了热忱的态度，他的心安理得表露无遗。

第二天，他不经意地向我这个"友善的法国人"提到有美女作陪一晚的价格，看来他是打定主意要让我领略西班牙风情；他还提到酒店找来的女人都出色，只要牵线人告诉女性顾客和朋友他认识你，而且你很会献殷勤，人品也不错（我和他都属于这种）。当然，牵线人手里也有姿色平平的女人，专门接待丑男人或吝啬鬼。

要价不算过分，可是我心里想的只有芘拉。

晚餐后，批发商瞒着我把我带到了一家看起来挺整洁的妓院。他请我喝了杯普通波尔图葡萄酒。那里的女人不太年轻，还有着西班牙女人典型的尖刻泼辣。做东的批发商对我说："年轻女人都自立门户……"

一个很灵活的女人光着身子跳舞，两个外国男人悄悄把好几只瓷质烟灰缸塞进口袋里。

批发商说："他们以为可以在这种地方为所欲为，他们想错了。"话虽如此，他还是和那两个人开始交谈，热烈地聊起各自的趣闻，我趁他们不留意溜走了。

我独自步行回旅馆，路上行人很少。

两个男人向我走过来，两人之间有几步远的距离。第一个样子年轻灵活，把外套披在肩头，走起来摇摇晃晃。走到跟我平行时，他一下子站直身子，突然向我冲过来，伸着手指朝我的小腹打了一下。疼痛如此剧烈，以至于我都叫不出声来。我觉得我要倒下了，靠着墙壁，想动手拿出口袋里的枪。

"蠢蛋！你没打中他！"另一个男人说。然后他们俩看着我是倒下去还是不倒，好像我是被斗牛士刺中的公牛。他们并不是出于仇恨，只是想抢走我的钱包。看样子他们有个行规，否则以我现在的状态，他们大可以扑过来揍我一顿，毫无风险。

他们从容地离开。我重新开始呼吸。我终于抽出了手枪，可是我已经没力气扣扳机，而且发出的声响会很大，他们又已经走远了，于是我只能一小步一小步地挪回旅馆。

旅馆的门童对我说在西班牙这种事情经常发生，警察也无计可施，必须自己时刻保持戒备。

我受伤的地方依旧很疼，这个身体部位在我的西班牙之旅中扮演了很重要的角色。

我会写信告诉你们关于普拉多博物馆的见闻。

克洛德给缪丽尔和安娜的信

1901年6月,勒芒

我重返军营,回到了美好的夏季。我现在是预备役军人,还报了名当大教堂的敲钟人。大钟挂在橡木建成的钟塔里,每逢星期天,我和三位同学爬上钟塔显露在外的大梁,拉着把手站稳,用力一推,然后松手,摇动铜制的庞然大物。在大钟发出轰鸣之前,我张开嘴吸收钟声,同时想起了和缪丽尔一起在圣母院的情景。

1901年8月6日

我们组织了一个自行车小分队,在军营这算是个新鲜事儿,而我成了队长,一共有十一辆全橡胶轮胎自行车。加入小分队的人必须在六小时以内骑完六十千米。我的姐妹们,以你们骑自行车的速度肯定是小分队的尖兵——你们也一样要露宿野外。

我们小分队埋伏在一座农场的地窖里,就地解决午餐,当敌军上校和他的参谋出现在大路上时,我们透过地窖的气窗从二十米之外向他们射击空包弹。

我们被这名上校俘虏。他威胁要处分我们,但我们小分队认为,他算是已经毙命。

1901 年 9 月 19 日

城里有六家妓院，其中有两家在士兵之中特别出名，一家最破烂，另一家最豪华。我一直想去看看，然后告诉你们里面什么样，毕竟你们已经要求我这么做了。

我先去了最破烂的那家，门前挂着红灯笼。我按了门铃，推门进去。一股强烈的酒气扑鼻而来，士兵们的手肘靠着脏兮兮的桌子，沧桑的妓女头发梳得乱糟糟，床垫破了洞，用石灰刷白的墙上装饰着醉鬼砸葡萄酒瓶留下的脏渍。我不知道如何加入对话，于是离开了那里。

第二家的常客是士官、公务员和市民。每当有客人进入或离开，楼梯就会封闭，好让客人隐藏身份不被人发现。

这里的一切都经过精挑细选，女人装扮得自然而不招摇，充满着一种悠闲的气氛。没有人拼命劝酒。我声明："我只是来聊天的。"

一位自称朱丽叶的女子向我走来，亲切地说："非常好，我去告诉老板娘。"

老板娘走了过来，是一位身材圆滚滚的俗气女人，棕色头发，目光犀利。她先确定我会按照收费标准付费，然后同意坐下跟我和朱丽叶一起喝杯茴香酒。

有人按铃，看不见面孔的客人指名要找朱丽叶。老板娘想叫另一个女子来。我告诉她："我还是想和你们聊天。"她笑了笑，重新坐下。

"这里真讲究！"

"我尽心尽力打造的，听你这么说真高兴。"

老板娘在桌上摆了三朵玫瑰花，只等着开口。我向她提问，她便开始滔滔不绝。她自认为是市政机构的一个齿轮，地位等同于市长和上校，而且她也去见过这两个人。

"我这儿促进了公共健康和家庭和谐，使它们不被单身男性扰乱。在我这儿没有人会得病，也不会有丑闻。"

她给我谦虚地比较了一下自己的妓院和巴黎一家很有名的妓院。

这是个挺认真的女人。

缪丽尔写给克洛德的信

1901 年 8 月 12 日，小岛

我躺在吊床上读了你的来信，感到害怕。当我跟你说"我害怕"的时候，你总是问我："怕什么？"我想是因为我没弄明白法文中"怕"这个字。

当你告诉我你怎样读我写的信时，我有些担心。你不该告诉我。我读到之后好像笑了，可是我觉得尴尬。

我很高兴你能从桥上往下跳水，可是别说是我帮了你！不应该说穿！

你经常到城里去参加通灵仪式，你说你对此将信将疑。参加这种仪式很耗费精力吧，不是吗？如果耗费精力，请保重身体，你母亲会担心的。

我很想听你和同学星期四的谈话，了解之后进行的游戏。

你相信轮回转世吗？我发现了《战争与和平》里的皮埃尔·别祖霍夫的转世，等你来的时候我会指给你看。我遇见他的时候总是盯着他看。他并不知道我认出他来了。

8 月 14 日，伦敦

我想每个女人都有一个天造地设的男人，那个男人是她的另一半。她也可能遇上其他男人，或许也可以和他们过着平静、有意义，甚至愉快的日子，但世上只有一个男人与她天生一对。

那个男人也许已不在人世，也许从来没有机会遇上她，也许娶了别的女人。那么这个女人最好终身不嫁。

每个男人也都有他天造地设的女人，一个独一无二的女人，也就是他的伴侣。

安娜和我都这么认为，从小就如此。

至于我，我大概不会嫁人了，因为我有一个任务，最好是我独自去完成。不过假如上帝让我遇到我命中的男人，我会嫁给他。

8 月 21 日

我寄了些书给你。我不知道你母亲反对我寄书。她把那些书都拦了下来，没有给你。她写信跟我说你总是太劳累，现在正值大规模演习，因此你不能写信也不能收信。

6 克洛德在伦敦

克洛德写给安娜的信

1901年10月5日

我退伍了。我等不及想见你们。十天之后，我到伦敦。

安娜给（在伦敦的）克洛德写的信

1901年10月15日，小岛

你直接来见我们太棒了！可是我们还无法马上见面。我们岛上的房子正在翻修，差不多要一个月才完工。我们的朋友戴尔先生邀请你去他家做客，他是个银行家，他儿子在巴黎和我一起做过雕塑——缪丽尔没法给你写信，她负责砌砖——把你的情况写信告诉我们吧。

克洛德写给安娜的信

1901 年 11 月 5 日

戴尔先生是个矮矮胖胖、精力充沛的男人。还会弹奏自动钢琴。他家的房子很漂亮。他认为大英帝国的地位起码与罗马帝国平起平坐。他还认为应该先尽义务再谈权利。

他借给我他的拳击球、放在个人浴室里的划船机以及他的自动钢琴。他向我介绍了他在城里的高档办公室，还带我参观了下议院。下议院的高效气氛令我十分兴奋，于是我背着手在访客大厅里阔步行走，一名警察对我说："请不要如此激动。"我回答他说："谢谢！"

各种男子俱乐部让我心神荡漾，有益于思考。我很钦佩海德公园里的即兴演说者，他们站在箱子上宣扬自己信奉的真理。

戴尔先生说："我只能帮你到这儿了。我想象不出还能为你做些什么。原谅我不才。"

"有道是一个人尽了全力，便可安心享受。"

"总是有可能做到更好。而安心享受不是英国人的风格。"

和戴尔先生一家进餐时，话题突然转到你们俩身上。我告诉他们是你们俩让我对英国产生了好奇，也说了对你们俩的看法。

戴尔先生说："可是她们这样的女孩在英国并非特别出众。我认识的一些伦敦女孩就和她们差不多（我的姐妹们，你们也说过同样的话）。你在她们身上看到了什么特别之处呢？"

"诚恳，谦虚，乐于助人，有活力，风趣，人格魅力，还有文化素养。"

"好吧，全都是典型的英国人的特点！"

戴尔夫人问我："那么法国女孩又如何呢？"

我回答："啊，我认识一些出色的法国女孩，不过目前我对她们没什么意思。"

戴尔先生又说："我有一位年轻的同事刚刚娶了一个法国女人，而我女儿卡洛琳的某个男朋友是西班牙人。照理说我是不喜欢，不过这是她自己的事。"

长女卡洛琳微笑着，脸红了。

她问我："你会跟英国女孩结婚吗？"

"虽说我还没有成熟到考虑婚事，但是完全可以啊。"

"你认为不同民族之间可以通婚吗？"

"可以，如果他们凭自己的直觉来决定。"

戴尔先生说："个别思想家和艺术家凭直觉是可以的，可是不能光靠直觉吧。"

戴尔太太对我说："你母亲是我的朋友，她有些想法和英国人的很接近，那么你会如何把她归类呢？"

"我不把她归类，因为我是她的一部分。我小的时候还想跟她结婚呢。"

"在法国人里面，克洛德算不错的了。"在哄堂大笑中，卡洛琳的妹妹如是说。

安娜写给克洛德的信

11 月 20 日，小岛

缪丽尔和你一样也认为戴尔先生家的殷勤招待不会持续太久。我们有个朋友米歇尔先生住在湖边，已经在自家屋子里留了个房间给你。打个电话给他吧。

我们的整修工作有所进展，你很快就可以看到成果了。

克洛德写给安娜的信

11 月 22 日，大英博物馆

米歇尔先生在我的桌上放了一束小小的帕尔马紫罗兰。和戴尔先生家比起来，在这里我没有被宠坏的感觉。不过这里的浴室比伦敦的好多了，我正在学独自在浴缸中游泳。

我和米歇尔先生在绿荫中一道散步。他爱护自己公司的船只就像爱护自己的孩子。通常用户和船组人员之间互不关心甚至敌对，但他成功地使双方建立了和谐的关系。他非常有耐心，待人和气。他的眼神和声音透着温和愉悦。他有雄心，不过他的雄心是为了实现自己的想法，而不是为了自己。

11 月 30 日

我的伦敦是这样的：

每天我到大英博物馆里的图书馆看书。博物馆宏伟的穹顶、宽大的藤椅、厚实的书桌、丰富的藏书以及简便的手续都令我惊叹。当然我没有因此而忘记巴黎的马扎然[1]！我在帕特农神像雕塑和皇家狩猎图浮雕前踱步。

我在费边社见到了萧伯纳本人和他嘲讽式的微笑。发言者说话的速度以及相互的嘲讽让我应接不暇。

我一次只能和一个英国人谈天。如果多于一个，他们会联手，不把我放在眼里。我认为，英国人基本上都好高谈阔论，倨傲、冷漠、缺乏想象力。但我在重读斯特恩[2]的游记《感伤的旅行》！

我喜欢乘坐伦敦的双层巴士，不过巴士上贴满广告，让人看不出终点站是哪里。我对米歇尔先生说："这一点都不方便！"他则向我解释说，乘客能找到终点站名，而公众可以通过这类广告购买商品，为公司带来利益，所以这种广告超级方便。

在巴士顶层，我用固定在座位上的用来防雨的皮布将自己裹住，刚好可以盖到腰的位置，上身用雨伞遮住。我坐车去往遥远的终点站，在那里有一排排一模一样的小房子，每一幢都是一户独立的人家，只是外观

1　即马扎然图书馆，位于法国巴黎塞纳河左岸的法兰西学院内。创建于 17 世纪，是法国最古老的公共图书馆，也是拥有法国最丰富珍本书籍和手稿的图书馆之一。

2　劳伦斯·斯特恩（Laurence Sterne，1713—1768），18 世纪英国感伤主义作家，《感伤的旅行》是其代表作。

难看。

雾越大，我就越开心，戴上一个防雾口罩。

12月4日

我难得一次坐在公交车里。

车上满是乘客，很拥挤。我坐着，跟前站着一位年轻女士。我们之间距离很近，她举着手臂，手上戴着手套，扶着一根竖直的铁杆。我给她让座，她冷冷地摇头谢绝。

她给人感觉像一只格外清晰的完美的昆虫。一头棕发，窈窕迷人。我仔细端详她那典型的英国女性的侧脸，因为距离太近，她觉察了，皱着眉头转过身去。她向查票员问了一个问题，声音犹如蜂鸟，穿透大脑。不知道她是如何对待丈夫的？

大清晨去坐地铁，我很喜欢。

我的那节车厢上来了二十多位军人，将长长的车厢占满了。这些军人穿着卡其色的制服，佩着枪，背着背包，提着用具和被单，似乎是在搬家。

最后上来的是他们的长官，一位身材高大的中士。他穿着样式高级的紧身制服，长相英俊，简洁地发号施令，双手空空。

正当车门准备关上，中士身后跳上了一位平民般的漂亮女孩，满脸微笑，金发，年约二十，光着一双粉色小脚。她扛着一把枪，还拿着一个沉重的皮质公文包，应该是那位中士的妻子。

她穿着一条简约的灰色连衣裙，却光彩照人。她代表了英国人。

我叫她阿尔比恩[1]，并非带有贬义，是一个崭新的阿尔比恩。

从那些军人和她说话的口气来看，他们把她当成可敬的同僚。她跟着丈夫一起在军营生活吗？她如何打发时间呢？她皮肤那么白，大概只喝牛奶。

她就像只小型犬，一有机会就热烈地回应主人，也就是那位中士。就算是没有机会，中士也会找机会。她漆黑的眸子让人想到狗的鼻子。

她将棕色的新鞋用鞋带系起来挂在肩上，一只鞋垂在胸前，另一只搭在背后。鞋太小了吗？她没来得及穿上鞋吗？

她裸着的双足看起来就像草堆上的两颗草莓。

似乎没有人注意到她的脚。

---

1 Albion，是大不列颠岛的古称，也是该岛已知最古老的名称。

他们旁边有一个女人摆放了一篮子胡萝卜。

是不是早晨七点之前乘客有权将新鲜蔬菜带上地铁和赤足上车？

这群军人我怎么也看不够。我想，再加上他们长而有力的手握着枪，不就是现成的募兵海报吗？

这一小群军人下了车。主人做了一个手势，她便弯下腰拿起被单，心满意足地甩上肩头，轻松得像一个不紧不慢的运动员。

她找到了心中的男人，尽管这个男人有着浓重的伦敦东区口音。

我参观了东区白教堂的大学校园，这个校园就坐落在贫民区里。如果这里的人接受我，我愿意在这里生活。

7　小岛

克洛德的日记

1901 年 12 月 10 日，伦敦

我骑着自行车过了桥，到了小岛上，惊喜地欢呼了一声。我走进门廊按下门铃，安娜出来帮我开门，笑着迎接我。终于又见到了她。我将短大衣挂起来，她领着我走进客厅。布朗太太对我表示欢迎，但不见缪丽尔的身影。

我们愉快地聊着。我不想马上讲述在伦敦的见闻，等着缪丽尔。难道她外出旅行了？

布朗太太让我放心："缪丽尔大概是在花园处理紧急的活儿。我们一会儿就能见到她。"她接着问我在军营里的经历。她面朝着大窗，而我背对着窗。窗外应该有什么动静，所以她看着窗外微笑，我不知道怎么回事。

半小时之后，缪丽尔穿着园丁服出现了。她光彩照人，只是略显矜持。为什么呢？

安娜给我看她的雕塑作品，看得出有进步。她告诉我缪丽尔给村里的孩子和年轻女孩上课，十分用心，一如既往地过度操劳。

大家早早睡下。晚上，一层薄雾低低地笼罩着小河。我睡不着，想着缪丽尔。将近半夜，我透过窗户凝望小岛，小河仿佛是爱伦·坡笔下围绕厄舍府[1]的护城河。厄舍府不为未来保存过去的任何东西，而这里恰恰相反，这里的宅邸也不会发生倒塌。明月当空，我披上大衣走出房门，来到小岛的尽头。我看到一个人坐在日晷旁，身着浅色睡袍，双肘支在石桌上，拳头撑着下巴。竟然是……缪丽尔。

她像是从梦中醒来一般对我微笑。

她对我说："我刚才在和你对话。"

突然之间，她恢复了往常的态度。心里有什么阴霾一扫而空？

1　出自爱伦·坡的小说《厄舍府的倒塌》，故事的末尾，古老的庄园厄舍府在风雨飘摇中倒塌。

我们这才发现克莱尔因为担心我们的身体健康，竟然拦截了我们寄给彼此的信件和书籍，实在过分。的确，缪丽尔眼睛疲劳，我在医院住了一个月，可是克莱尔的做法一点也不正大光明，因此让我们俩误会了彼此，以为对方可能在疏远自己。

我说："从今以后，只有我们亲口说的话才算数。"

"而且没有隐瞒，有事就立刻说出来，不管是好是坏。"

我们长谈到深夜。第二天，我们将前一晚发生的事都告诉了安娜，安娜笑逐颜开。

我们的三人组再度开始学习。

她们俩带我看水车、豌豆、小树林、牲畜、老农夫和他的家人。

从每周六下午到周一早晨，来小岛过周末成了我忙碌一周之后的奖赏。

我们去看猪圈。猪圈里有十二只粉色小猪崽，刚刚洗完澡，在院子里跑来跑去。小院子与另一个空的小院子相邻，中间隔着一道矮墙。

缪丽尔问我："你有秒表吗？"

"给你。"

"我们三人来比赛吧。""比什么？""我们用手把这些小猪从这边搬到旁边的小院子里去，不能让小猪尖叫，如果小猪只是低声哼哼，没有关系。最后看谁的速度最快，谁就是赢家。"

我和安娜都同意。

安娜拿着我的表对缪丽尔说："你先，让我们看看你的厉害。预备！一——二——三——开始！"

缪丽尔弯下身子，用力抱起一只小猪，紧紧抱住，跑到对面，轻轻将小猪放下。其实这并不容易，因为小猪圆滚滚、肥嘟嘟、滑溜溜，又胡乱蹬腿。有些小猪反抗，斜着眼看人。最后一只小猪还逃跑，不过没有一只小猪发出尖叫。

安娜将表交给缪丽尔。缪丽尔发令，安娜便用前臂夹住小猪，急急地跑到隔壁的院子，然后俯身，从比较高的位置就放开小猪，让它们落到地面。有一只小猪在过程中滑落，安娜重新将它抱起。她总是避免让身体碰到小猪，如此比较费力。姐妹俩的动作总是很不一样！

轮到我上场了，这群小猪崽被比赛弄得很兴奋，又或许是被我的长手长脚吓坏了，四处逃窜。我追着它们跑。小猪号叫着，我也跟着叫。

缪丽尔第一名，比安娜快了三十秒，我最后花的时间比缪丽尔多出两分钟。

"这样比不公平，"缪丽尔说，"首先我和安娜与这些小猪很熟，而且每搬动一次就让它们更加烦躁。我和安娜本就应该让一让城里人。"她看着我，大家都笑了。

下一场比赛的内容是猛的一下拉动链条使水车运转起来。我最后得了个安慰奖。

这两天可以说是彻底疯玩。我们仨的幼稚游戏令布朗太太感到惊讶。

某个星期一的早晨，我一大早下楼去客厅里拿笔记本，到了客厅发现安娜在皱着眉头擦拭家具和壁炉上摆放的各种中国来的小玩意儿，有玉器、铜器和竹器，数量不少，看起来都挺干净的。我坐下来写东西，差不多一刻钟之后，安娜擦拭完毕。

我对她说："安娜，这些东西摆得太多了！你把品质一般的收在抽屉里，把最上乘的放在玻璃橱子里会不会好一些？你难道喜欢做这种清洁工作吗？"

"你说到了一个敏感话题。这些小雕像都是我父亲从中国带回来的。有十来个很别致。而我母亲全部都喜欢，不愿意让用人碰这些雕像。她还认为要培养一个女孩子就得让她学会做家务，所以我每个星期都要把它们擦拭两次。缪丽尔负责房子四周的小花坛，不过她至少能待在室外。最难的地方是工作量实在太大了，于是我们向母亲提议减少工作量，母亲想了一下就泪流满面。我抱了抱她，就收回了我的要求。开始我还是气自己不做雕塑反而在做清洁。"

"那缪丽尔呢？"

"她比较坚持。她认为应该在过去和当下之间做个选择。母亲以为缪丽尔要闹革命，于是说让她再考虑考虑，等到圣诞节之后再谈这件事。"

"这没什么大不了吧？"

"是啊，我很高兴让你知道。"

到了下一周的星期一，安娜带着尴尬的神情告诉我布朗太太想和我谈谈，她独自在客厅里等我。

布朗太太开口说："克洛德先生，有两件事情我想跟你谈谈，请坐。第一件事就是我把你母亲视为朋友，同时也钦佩她。除了因为她的个性，还因为她比我更早就失去了丈夫，尽管有多次再婚的机会，却从不为所动。

"第二件事就是我听到全村的人都在谈论半夜有人在小岛上浪漫地散步，幸好村民们以为当时你们是三个人。

"我刚质问过安娜，她说那天晚上没有和你们去散步。用人应该是听到了楼梯的声响，然后在雾中看到了你的身影。不过因为你们平时都是三个人一起行动，所以他以为你们当时也是三个人。我本身并不觉得你们夜里一起漫步有什么问题，因为我信任我的女儿，你又是个绅士。可是我在意村里人怎么想。我的两个女儿总是有些超前的想法，尽管我和她们的两个弟弟并不赞同。自从认识你之后，她们的想法变得更超前了。她们跟我阐释过她们的想法，我也尝试去理解，但还是不赞同。她们两人和你一起的行为比较放纵，亲戚朋友对此议论纷纷。

"现在坦白地说，一个女孩子不应该让人非议她，这有损她的清誉。所以我必须问安娜她和你之间发展到什么程度了，你们是否彼此表达过倾慕或者任何打算。她说没有，我相信她的话。然后我又问她缪丽尔和你之间是怎样的情况，她迟疑了一下才说没有。经过我的追问，她才说：'我觉得缪丽尔和克洛德彼此之间可能或者已经发生了感情，只是他们自己还不知道。'

"我告诉安娜，在我年轻的时候大家也知道这种事，一旦发现就要平息众人的议论。所以为了将来着想，我要求你们三人之间不要在外面表现得那样亲密，同时请你减少每周来见面的频率，尽管我们相处都很愉快。"

我完全蒙了。

她又说："我要告诉你，假如有一天安娜的预言成真，假如缪丽尔与你之间有了更深的感情，而你们彼此愿意承认的话，我并不会反对，虽然我不看好跨国婚姻。"

她点头示意我可以走了，我向她鞠躬致意，走出了客厅。

这场谈话让我内心无法平静，而一个想法更是占据了我的全部思绪，那就是也许有一天缪丽尔会愿意和我在一起。

爱情啊爱情。我心中像是一群狗挣脱了锁链在狂奔。我的心思都放在了缪丽尔可能爱上我的这个美梦之上，而没去想星期天见不着她的惆怅。一个目标从心中升起：缪丽尔。我整个人仿佛冬雪遇上了阳光一般融化。从第一天开始，安娜就给我指定缪丽尔，这一定是有原因的，这事不像我之前以为的毫无可能。

缪丽尔的高额头、严肃的双眉、微笑时的轻松自在，这一切都深深地印在我心上。每一个新的一天都是一个新的阶段。我想象着在我们的家里，缪丽尔是我的妻子，还有一个我们的孩子。这个场景让我着迷。我的写书计划自动推后，因为它不能立即为我们带来任何东西。

戴尔先生告诉我有个英国企业正在招聘一个法国人，条件是这个法国人有能力处理与法国的联络，同时对在法国进行营销有想法。我会去应聘。

我选定了伦敦。这里是缪丽尔的祖国，我能立刻在这里赚钱养活我们。我如此计划着，仿佛已经拥有了缪丽尔和孩子。

我在威尔士的时候已经爱上了她，但踌躇不前，也不敢有任何行动表示，因为没有想过她有一天会爱上我。布朗太太无意间推了我一把，于是我加快脚步，将自己完全投入到对于缪丽尔的感情之中。我孤注一掷。

连续五天，除了写信给缪丽尔，我什么事也没做。我给她写了四封没有寄出的信，每一封都比前一封更为直接地表达了我的爱慕。我向她解释，向她求婚。

直到第八天，我才将信寄出。将信投入邮筒之前，我犹豫了一下，毕竟如果遭到拒绝，一切将无可挽回。

米歇尔先生陪着我。

第二部分

缪丽尔的拒绝

8　胡乱疗伤

缪丽尔给克洛德的回信

1902年1月24日，小岛

你的信难以卒读。

你不了解我。

我像爱兄弟一样爱你，甚至有时候不爱你。

放弃你的浪漫想法吧。

我很少爱别人，只爱少数几个。我心肠很硬。

有安娜和两个弟弟对我来说就够了。

缪丽尔给安娜的信

1 月 25 日

安娜，安娜，真糟糕。如果可以的话帮帮我们吧，其实没人帮得了我们。我一直觉得有可能某一天爱上克洛德，而且我拿这个开过玩笑，但是他某天会爱上我这件事从来不敢想。

缪丽尔写给克洛德的信

1 月 28 日

你昨天的信。

我很爱你，但不是男女之爱。

我之前放任自己的幻想，在巴黎也好，在这里也好，因为我曾确信你绝不会爱上我。我也曾好玩地想象着自己也许会爱上你。

我在母亲和上帝面前发誓：我对你并没有爱意。

母亲跟我谈过了，她担心我单恋你而你不爱我。我对她说："我不爱克洛德，不过假如我爱他，你是无法阻拦的。"

她告诉我："趁着还来得及，别再发展下去。你们不要再见面了。"

我一度认为母亲说得对，这种事可能发生在任何人身上。然后我转念一想："如果再也不见他，会多么难过啊。我宁可冒险，就算有什么风险也是我一人承担。"

你的一封长信打乱了一切。

得为你疗伤。

你会是个有用之才，而我会是你的阻碍。

我可以继续给你写信或者再也不写，或者每天都写，按你的意思办。

我不再思念你，这样你也就不会再思念我。

收到你的信之前，我想见你，但是我现在害怕见你。

我以前和你在一起非常轻松自在。

比起和你在一起，我更喜欢你不在我身边的时候。

我重新读了一遍你的来信。我向你坦白我自己，但我对自己并不太了解。

我会以爱情来爱一个男人吗？我无法想象。我无法忍受和一个男人共同生活。我连我的母亲都忍受不了。

我可以想象我爱上另一个男人，不是你。

这样说很残忍吗？这应该能帮你摆脱情伤。

反复告诉你自己："她不爱我。我不爱她。我和她情同姐弟。"

你可以依靠我，但我不爱你。

我从未像对待你一样对待其他男人，但是我似乎把自己当成了你的同性。

别怀有任何希望。

我让你产生了误会，对你造成了伤害。我要向你坦白我心里与你相关的一切：我寄给你几页我去年在巴黎写的日记。

（见 1900 年缪丽尔的巴黎日记。）

1902 年 2 月 1 日

你终于开始了解我了。我是不是很会伤人？我不是个温柔的女孩吧？

我遵照你的要求，依照我的本性来给你写信。

谢谢你说我做得很绝情，你这样说让我心里好受多了。

你要离开英国吗？距离对你我都不会产生任何影响。

找一个非常忙碌的工作？对，如果有必要的话！

我是个无情的人，这就是为什么我不爱你，也绝不会爱上任何人。

你对我的爱，即使把你的信读了四遍，我还是无法想象。

我开始明白了，你是被迫在时机成熟之前剖白心意，因此写了一封洋洋洒洒的长信。我母亲被小村子里的流言蜚语吓坏了，带着善意对你狠心下了逐客令，引得你对我表白。

这样做大概是为了把我推向你的怀抱。这对你是一种羞辱。别担心，我不会这样做的。

我们一起找回原来的平衡吧。看看，这一切不过是场噩梦。别伤心难过。是因为我无法投入轰轰烈烈的爱情才把你当作兄弟。

如果过早地从母亲的怀抱中夺走孩子，上天会让母子俩死去。这就是我们俩遭受的折磨。

我应不应该告诉母亲她对我们造成的伤害？告诉她也没用，不是吗？

无论有没有我，你的生活都会继续。世界需要你这样的人。

缪丽尔写给安娜的信

1902 年 2 月 1 日

母亲对我说："一个女人堕入情网却不能马上与心上人结婚的话，就是在浪费生命。不管你明不明白，你的神经质和抑郁都是因为克洛德。"

我回答说："我不爱他，而且他给我带来快乐，从未让我痛苦。别管我们的事。"

母亲不相信我说的话，我写信给克洛德的时候还会揣测。

假如她说的是对的呢？

这是我第一次想到这个问题。

不，我要打消这个念头！

没错，我不能发誓说自己永远不可能爱上他。可是我也许会爱上另一个男人，我刚刚这么对他说了。我真残忍，我恨我自己。

我曾经独自在树林里大声喊着玩："克洛德，我好喜欢你！"——当天晚上我双膝跪地祈祷的时候又说："上帝呀，我不爱他。"

我并不会太伤心，他倒是很难过。怎么办？——我所有的一切都可以给他，除了他向我要求的东西——为了他，你就以我的名义给他写信吧，在给我写信之前先写信给他。

安娜给克洛德的信

1902年2月1日

可怜的克洛德，如果你愿意，我可以去伦敦看你。我愿意做任何事，无论多么微不足道。都是因为我固执的想法而导致这不幸。我当初怎么敢插手你们俩之间的事？

缪丽尔说得没错：的确没人帮得了你。不过我不相信她所表达的一切都是真的。不是要让你抱有虚幻的希望，但是她对自己的情感判断有误。我从一些事情当中可以看出来。

假如我是你，我不会拼命斩断情丝，万一缪丽尔回心转意，到时候你也许就根本无法回应她的爱了。我觉得缪丽尔会爱上你的。

随信附上缪丽尔的信，她同意我转给你。

你和她见面的次数越多越好。

克洛德的日记

1902 年 2 月 2 日

我就像一只撞了触角缩回壳里的蜗牛。前两周我在幻想中构筑的空中楼阁已然倒塌。

我亲手一片片地拆掉这个幻梦，如果说我的爱还残存，爱的外壳已经不再。我钦佩缪丽尔写的信，我感谢她毫不动摇的态度。我对小村子的人感到愤怒。缪丽尔会重建自己的名声，而我重新变得独立，她们俩还是我的姐妹。

缪丽尔不爱我是对的，她迫使我进步。我忘掉幻想出来的孩子。我重新思考写书计划，如果我没有被击溃，我还要写书。

1902 年 2 月 3 日

缪丽尔写信给我，她要坐火车来伦敦看我。伦敦有两个火车站，我们约好在其中之一见面。我查询了本周的火车时刻表，发现她弄错了车站。于是我到另一个车站等她。

可是她一直没来！我买了份当天的时刻表，发现她坐的那班火车今天早晨改期了。我感到绝望。

缪丽尔来见我，也许她准备待一整天，可是她找不到我！偌大的伦敦城，上哪里去找她？她怎么办？她做事一直都比我仔细，我倒怀疑她。

我不知不觉走到了国家美术馆，之前我们曾计划到这里看荷尔拜因画的女王全身像。我责备着自己，在石阶上坐下，看着鸽子啄食。

有个人迈上石阶，眼睛低垂，嘴角向下。是谁？是我的幻觉吗？是上天的礼物吗？这个人正是缪丽尔！我一跃而起，扑到她面前。她抬起眼睛打量我。我的表情一定很夸张，她哈哈大笑。

她不想提起我们之间的事。我们一起逛了逛漂亮的美术馆，看了特纳、伦勃朗的最后一幅马铃薯写生。我们又恢复了以往的优哉游哉。

她提议一起到公园散步，又问起我在成人社区教育中心居住和工作的情况。

我告诉她有两栋宿舍楼：其中一栋条件舒适，房客都是剑桥或牛津的毕业生；另一栋条件简陋，住的是小学教师和职员，我从未接触过这个社会阶层，我选择了和他们住在一起。我开了法语课，任何人都可以来上课，无论是不是汤恩比馆的住户。可以选择小组或者是一对一课程，视学员学习计划的紧迫程度而定。很容易安排。

缪丽尔问："一对一课程收多少钱？"

我回答："我免费提供这些课程。"

缪丽尔的脸因为喜悦而泛红，又让我再说些见闻。

我向她描述了"抽烟辩论会"，通常晚上在公寓大厅里进行，任何人自由入场，发言人叼着烟斗提出一些稀奇古怪的问题。辩论会上大家对我的英语很宽容，我倒是听不懂伦敦东区腔。辩论会的发言规则竟然与下议院的一模一样！这些醉醺醺的演说家偶尔附庸风雅，但喜欢以理服人，不喜权威。辩论会从来没有女性参与。

缪丽尔听得十分高兴。她要我在日记里记下见闻给她看。

我说："对了，汤恩比馆下个星期将举办一场百人宴会，邀请低收入者来享用。我当服务生，目前正缺一位女性厨房帮手来做三明治。"

缪丽尔马上用一张明信片报了名。

我们在一家 ABC 小餐馆用餐。我从来没有吃过那么好吃的火腿蛋。我注视着浅金色的蛋黄，和缪丽尔的金发一样。各种色彩搭配得很有趣，像是标记这一天的旗帜，十分鲜明地留在我的记忆中。

缪丽尔的存在对我而言如此自然。

克洛德写给缪丽尔的信

2月3日晚

就在今天晚上，我住的公寓举行了一场拳击赛。

晚餐时大桌子上摆着盘子，上面装着各式餐点，每个人都可以随意取用，将自己所拿的食物填在一张表格上，签名，投入箱子里，我们可以做实惠的饭菜，也可以做丰盛的大餐。

桌子都被摆到一旁，地上用粉笔画出了拳击擂台。

拳击一般是盎格鲁－撒克逊人垄断的运动。昨晚一个红头发白皮肤的撒克逊人指定让我试试拳击，和他比赛。他可以一拳把我打倒，但他答应我点到为止。

我们脱下衬衫，戴上拳击手套，走进擂台。一群好奇的人围了过来，他们想看法国人如何打拳。因为我是初学者，所以每一场持续两分钟。

我走向擂台中央，开始感到恐惧。我问自己是不是真的应付得来。我恨自己的好奇心。

他们向我喊："绝对不能用脚踢！"这让我想起了在军营学到的法式拳击。希望我不会不由自主地用起法式拳击里的踢腿！

由于我的防守姿势太低，我的对手兼教练朝我的脸轻轻打了一下，好让我抬高。可是我身体向前倾，鼻子上挨了一拳，感觉鼻子被揍扁了，开始流血。为了不弄脏场地，我把血倒吸进鼻子里。

没想到这一拳把我的腿唤醒了。我弹跳着，避让了迎面一击，躲得如此之远，以至于围观人群发出爆笑。我意识到我比对手羸弱，但是动作比他敏捷，所以应该不会被完全击中，也不会承受他捶打沙袋时使出的那种蛮力。

他出击，却踩到地上的橄榄核滑倒了。我连忙想去扶起他，裁判一把拦腰挡住我，说："不能攻击倒地的人。"

在第二场比赛中，我被击中了几次，不过都是在我往后退的时候。我认真思考。必须想出个办法，什么办法呢？我的手臂够长，对手进攻之时，如果我不后退，而是同样出手进攻，用勾拳，避开他的拳头，我如此长的手臂应该会让我的拳头抢先一步击中他。他再度向我出手时，我试了一下。

我感到右拳受到剧烈撞击，骨头似乎给打碎了，仿佛是抢拳头砸到了墙。与此同时，我几乎往后翻倒，他却站在原地不动。我想象两颗不偏不倚撞在一起的撞球。我们俩出拳不重，然而双方的身体往前冲的动能撞在一点上，让这一下变成了重重一击。我击中了他的颧骨，四周响起轻轻的赞叹声。撒克逊人对我说："好！就是这样！"

我的右拳非常疼痛。在中场休息时，我思考如何用左拳打出同样的招式。锣敲响了，我想站起来，惊讶地发现双膝累得无法伸直，不得不停止比赛。

裁判告诉我："你把力气都浪费在跳跃上了。自然反攻会比较有用。今天就到此为止。你观摩一下别人，每个星期六这附近有水手拳击比赛，你去看看。"

和一个人打一场拳击比赛可以从他身上学到很多！和下象棋一样。

缪丽尔，以上就是在我们一起散步的那天晚上发生的事。

克洛德的日记

2月5日

为贫穷老人举办的午餐宴会爆满，来的都是夫妇，我开心地为他们上餐，同时也很开心地看见缪丽尔穿着白围裙端着装满三明治的大餐盘。

我们一同离开，去看二手服装拍卖会。售货员满口行话，连缪丽尔都听不懂！

我们还参观了一家专门收容高龄夫妇的养老院，院长是缪丽尔的朋友。正值自由活动时间，我们和一对手牵手的夫妻坐在同一张长椅上。丈夫八十七岁，妻子八十二岁，他俩面前站着六十五岁的女儿，特地来向他们诉苦。两人把她当成无可救药的傻姑娘。自由活动时间结束，他们不得不放开牵着的手，因为院里男女分区生活，只能在自由活动时间见面。

院长劝他们，告诉他们即将转到另一家养老院，会有更多机会在一起。但那对老夫妇仍然难分难舍。

克洛德给缪丽尔的信

2月5日

我和同伴们一起去治安状况糟糕的街区巡逻，看见了开膛手杰克曾经工作过的房子。我们没有武器，偶尔有警察陪同。聚集在酒吧门前的一些老女人，不男不女，戴着肮脏的大盖帽，像罗马神话中掌控人类生死命运的帕耳开三女神。街区里不再发生严重的斗殴和谋杀，因此我们巡逻的重点集中在酗酒者和市容、臭味等问题上。

安娜给克洛德的信

1902 年 2 月 5 日

我收到缪丽尔的便笺："我很高兴去见了克洛德。我没有变。我想我们三个很快会重聚。"

克洛德,分担痛苦会加深友谊。

《圣经》中说:"雅各就为拉结服侍了七年。他因为深爱拉结,就看这七年如同几天。"

缪丽尔写给克洛德的信

2 月 5 日早晨

把那本小书放在你口袋里随身携带吧,不用担心会磨损它。

我并没有因为那天背上淋湿的雨水而感冒。

我母亲问我是否爱你。

我说:"不。你相信我的话吗?"

她摇头。我哭了。

我什么时候才能告诉她,你心里也一样,认为我们情同手足?

2月5日中午

你没有办法一下子斩断情丝回到从前。你一直对我很尊重，是个男子汉。没有什么需要我原谅你的。

别再把我当成你的理想伴侣，把我当成你的姐妹。

我说过："我永远不会爱上你。"——我错了，因为没人知道将来会如何。这让我想起《战争与和平》中的娜塔莎和皮埃尔·别祖霍夫。

此时此刻，我不爱你。

请你好好增强体质，这对你在各方面都会有所帮助。

我读完了《安娜·卡列尼娜》，开始慢慢地读《萌芽》。

2月5日晚

收到你的来信。我并不想知道这是怎么发生的，我只想你痊愈，站起来，别再浪费力气捕捉幻影。

我不会再说"他弄错了，他并不爱我"这样的话。

我感觉得到你真的爱我。

我准备不惜一切代价来阻止你的爱，因为我不爱你。晚安。

2月7日早晨

我看着我十三岁时的照片，照片中的我没有你，很快乐。

你和我的情感有着本质上的差别。

你提到我写给你的那些信，还有我寄给你的巴黎日记，都不带有男女之情。

你居然还在相信我母亲说的那些话！……简直像是野草重生……随你的便，但你是白费力气。

2月7日晚

我试着想要忘记你写给我的东西，只愿记住一句话：你很高兴在伦敦和我见面。

我本想再去与你相聚一天，你这封信让我打消了念头。

你说我的信让你几乎确定我爱你，带给我看看。

如果你了解我，你对我的爱就会终止。

你的整封信就是为了告诉我，我不仅在巴黎的时候以为自己爱上了你，我现在还是有些爱着你……

没用的。

你说："不要刻意逃避，自然而然。"为什么？为了造成更多的误解吗？

不行。还是一起为建立新的关系努力吧。

2月8日

感谢你保持理性，好好睡觉。

我的信自相矛盾？你也一样。

不要比较我写过的信。

读你今早寄来的信，我又找回了我的兄弟。

叔本华扼杀了爱情？那么再读读叔本华！

星期天我会到迪克和玛莎家，我们可以一起待上两天。

9 或许

克洛德给安娜的信

1902年2月10日

　　我收到迪克和玛莎的邀请，星期六晚上到他们家做客。在缪丽尔眼里，他俩是一对完美夫妻。他们家是一座设计精巧、乡村风格的大宅子，家具是自己做的，房间里挂着迪克的画，到处摆着书架。玛莎把我领进了一个朴素而舒适的房间。迪克现在是个成了名的画家，玛莎则是拥有忠实读者的作家。他们曾经过得很辛苦，为了让另一方从心所欲地追求自己的事业，轮流做过自己不喜欢的工作。他们不看重钱财，而我和你母亲还有缪丽尔三个人之间的情况，他们全都知道。

　　我在他们家感到很快乐。虽说是简单的便饭，但很美味。我向他们讲述自己对伦敦的逐步发现，他们则给我做一些简短的介绍。因为缪丽尔，他们对我的道德观颇为好奇。迪克与我合抽一把烟斗，他告诉我要忠于自我，懂得等待，有时需要退让，更要注意不被既定的理想所束缚，这些都适用于我们。

　　床头有一本爱伦·坡的《我发现了》，我读了，令人赞叹。

　　星期天缪丽尔来了，和我们共进午餐。她喜笑颜开，十分伶俐。我和玛莎骑着自行车去接她。我被她的信说服了，我不想沉浸在单相思里。缪丽尔开心地向我介绍玛莎和迪克，也很高兴我和他们前一天就已经相识。

　　整个星期天我们都在不停谈话，有时候是两个人对谈，有时候是三人交谈，兴之所至甚至四个人一起。在我们的请求之下，迪克匆匆地介绍了一遍自己的画作，并谈到了你，安娜。

　　夜深了，迪克和玛莎去就寝，留下我和缪丽尔单独在一起，面对着古董壁炉和炉中即将燃尽的木柴，久久无语。

　　缪丽尔开口打破了沉默："克洛德，我会尽量准确地说明我的想法。很容易产生误解，所以我再三掂量。

当你向我表白，我觉得太荒唐，所以我说了永远不可能。

"也许我说的'永远不可能'给你留下了抹不去的记忆？我还是应该告诉你我现在的心情，对吗？现在我心里已经不再百分百地确定'永远不可能，就是这样'。"

我很想向她伸出手，可是不行，要懂得等待，甚至后退一步，照迪克给我的建议那样去做。于是我们俩静静地呼吸，凝望着燃烧的炉火。

这就是我想立刻告诉你的，安娜。第二天早上，我和缪丽尔单独出门踏雪散步，其间谁也没有谈起两人之间的事情。

你信中说你母亲将大部分小摆设收进了橱子里，缪丽尔的头痛痊愈了，同时她还觉得我在伦敦表现不错。

谢谢你，安娜。

克洛德的日记

1902 年 2 月 10 日

在大英博物馆的酒吧餐馆里，我们三人围坐在小圆桌前。

缪丽尔对我说："我们有些事情想问你，关于……"她的声音含糊，像是卡在喉咙里。

"是关于妓女。"安娜清楚地说了出来，并且将椅子拉近我身旁。

"在法国这个行业是有法可依的吗？"缪丽尔问我，同时也将椅子拉近了一些。

我给他们讲了妓女的执照和体检，缪丽尔听了觉得非常可怕。我又提到了我参观过的那两个妓院，还有我和女老板的对话。

"这样，那个女人坚信自己做的是有益于社会的事。"

"没错。"我回答。

"简直难以置信，"缪丽尔说，"而且她不受谴责。"

安娜问我是否可以在什么时候带她们两人到法国去参观一下妓院，因为她们都想亲眼看看。

我回答："你们想去随时都可以。"

"那在英国又怎样呢？"缪丽尔问。

"英国的情况我不太了解。在这里，这是个难以启齿的话题。根据我夜间巡逻时接触到的少数情况来看，相比起来，这里的卖淫活动更隐蔽，受到更多打击，也更麻烦。而在欧洲大陆可以碰到各种类型的妓女，从良家妇女到专业妓女都有。看看，这是我在一份英国社会主义报纸上读到的报道，特地剪下来存着给你们。"

我从皮包中翻出剪报递给缪丽尔，她接过去低声读出来："每当煤、石油以及茶叶的价格大幅上涨，工人家庭的微薄预算便会受到波及，乖巧的年轻女孩就会被父母拉到伦敦街头出卖肉体。"

缪丽尔将剪报还给我，我继续说："我在伦敦从未见过妓女明目张胆地当街拉客，这在巴黎却常见。就在一个月前，我遇到了一个年轻女孩，所以我会剪下这份报道，我现在要告诉你们这件事。

"当时正值午夜，地上积了一层雪。我从大英博物馆的大门前经过，高高的路灯下有一个纤瘦的身影静止不动，引起了我的好奇。我走上前去，那人并不动，我打量她，年纪大约十八岁，仿佛是一个幻象，像爱伦·坡笔下的丽诺尔[1]，又像画家瓦兹的名画《希望》里的蒙眼女子，更像献祭给牛头人身怪物的童女。她的打扮很素净，身穿黑衣，精心收拾过，戴着普通面料制成的新手套，短面纱下面是一双幽深的大眼睛。突然间，我发现她像是公共巴士上那位女子的妹妹。四下无人，只有我们俩。她下狠心朝我走近了一小步，然后停住，整个人晃晃悠悠。我赶忙走上前，示意她扶住我的手臂。于是她害羞地扶着我，我们俩就这样一摇一晃地沿着大

---

1 Lenore，爱伦·坡创作的诗歌《乌鸦》中的少女。

英博物馆的外墙走起来。

"我问她：'你看起来非常疲倦，有什么我可以帮忙的吗？'

"一阵沉默之后，一个粗哑的嗓音划过我的耳膜：'没有，谢谢。'

"'你要去哪里？'

"又是一阵漫长的沉默，然后她回答：'随便你。'

"'你家住何处，你的父母呢？'

"没有回答。

"我们经过一盏又一盏煤气灯。我从来没见过像她这样有着典型英国气质的女孩。她开口说话了，声音比之前清亮，可是她的伦敦东区腔我听不懂，很难受。此时我们走到了博物馆外墙的另一面。

"把她带回住所聊天吗？房东一定会把她赶出去。去咖啡馆吗？这么晚了附近的咖啡馆都打烊了。而我知道一家酒吧离这儿两千米远，附近也没有马车，说不定这样做对她而言是一种羞辱。前方街角的警察会过来盘查我们吗？没有，但是当我们和警察擦身而过时，这个年轻女孩微微吓了一跳。是因为她的母亲教她要提防警察吗？请警察为我翻译一下她的伦敦东区腔，或者把她托付给警察？什么理由呢？我又不了解她，这样做是否算是一种背叛？"

缪丽尔和安娜又凑近了一些。

"她扶着我的手走路，仿佛随时会跌倒，我觉得对不起她，害怕她，又很想替她大喊救命。她说话不多，但我非常想理解她说的每一个字。需要找个地方，花点时间，让她喝点热饮。去这家像样的酒店大厅如何？我们俩没有行李和证件。我们俩虽然纯洁，看起来却像是可能做坏事，门童一定会将我们挡在外面。把她带到戴尔先生家去？这么晚了，我又对她一无所知，难道对戴尔先生说'嗨，这个女孩需要帮助'？把她带到岛上去找我的姐妹，如果她们在家且有所准备，当然可以。但是会引起闲言碎语，不是她们会说闲话，而是周遭的街坊会嚼舌头。

"这个社会有 5% 的人牺牲自己让另外 95% 的人工作，这个女孩和她的家人就属于那 5%。对此我无能为力，爱莫能助。她感觉到了，我的手将放开她的手臂。就算是基督在伦敦也不知道该怎么做。

"我们绕了一圈，又走回了二十分钟前相遇的路灯之下。我因为害怕被别人看成嫖客，以至于不敢帮这个女孩。不应该和可疑的事情沾边。我伸出手臂让她扶住，而她脸上的表情足以让我看出这是个挣扎着快要沉沦的良家女孩，我没弄错吧？如果她愿意的话，这座大城市有一些收容所可以去。雪又开始下了起来，我们刚刚走过的足迹已经被雪花覆盖，消失无踪。她是对的：刚才我问她'有什么我可以帮忙的吗？'，她说没有。

"我们放开了彼此的手臂，她浑身颤抖。我将头前倾，她也做了同样的动作。我透过面纱在她的额头上轻轻吻了一下，对她说：'愿上帝帮助你。'随后从钱包中掏出一枚硬币放入她的口袋中，这点钱不够她回家。下一个男人会怎样对待她？她又冷又怕。唉，我还是走开了。"

听完之后，安娜脸色苍白，缪丽尔则满脸通红。

安娜开口道："这个故事比你之前给我们描述的妓院还惨，在妓院里至少不用担心挨打，还能赚钱，而且不会被人轻视也不会无依无靠。"

"或许她非常哀伤。"缪丽尔说，"她是不是从家里逃出来的，准备随便找个人，随便做任何事，比如跳进泰晤士河里？我们怎么称呼她呢？"

安娜提议："叫她'希望'吧，和瓦兹画中的少女一样，我很想为她塑一座雕像。她就像科夫图阿国王遇见的乞丐女[1]，虽然孑然一身，却有美貌为武器。"

缪丽尔问我："假如你是在巴黎遇见她的话，你会怎么做？"

"那我就能听明白她说的话！我不仅会帮她找个工作，甚至还会帮她找个男朋友，说不定还会把她介绍给我母亲认识。"

"就凭着第一印象？"缪丽尔问道。

"我就是凭着第一印象认识了你们俩，否则我第一次在克莱尔家里遇到安娜时，大可以拄着拐杖点头打个招呼就走开。"

安娜问我："你有没有类似的法国女孩的故事？"

"不能算是纯粹的法国女孩，也并不完全相似，下回告诉你们吧。"

2 月 11 日

在伦敦的一座大公园的水池旁，我听安娜她们提到第六诫"毋行邪淫"，安娜和缪丽尔以为我和她们一样

1　出自英国民谣，故事为一位非洲国王科夫图阿原本对女色毫无兴趣，可看到乞丐女佩妮罗凤后一下子就爱上了她，甚至到不能娶她就要自杀的地步。国王向她求婚，她答应了。于是，乞丐女一步登天成为王后。

贞洁。我曾经暗示她们我已经得到了一个女人的启蒙。法国女人一定懂我的意思，但是她们没有反应——因为这个话题是禁忌吗？然而她们对此很好奇，而且懂得世故。

这天，我跟她们提起了布尔戈斯教堂、明亮的小礼拜堂、突然响起的钹和鼓、仪式、芘拉、圣水池、木门、公园、两次漫步、白色的房间、耶稣十字架以及白色的床。实在很难跟她们谈起在布尔戈斯发生的事，因为回想芘拉的我和对她们描述芘拉的我并非同一个人。我记得在芘拉身旁的我曾想起她俩，仿佛她们在另一个星球，我对她们坦承了这一点。我在两个星球间穿梭，无法向她们直白地描述，只好避重就轻，吞吞吐吐，甚至尴尬地摸摸头发。她们会不会提出要害问题？

"还是一个无名女子的故事！"缪丽尔就说了这样的话，"和那个叫'希望'的女孩一样。这是宿命，没有下文。"

"芘拉处境危险，从她的神父和我们的牧师的角度来看是这样。面对这样的女子，克洛德当然会着迷。我欣赏芘拉，她自成一派，和别人完全不同。"

"她听明白了？"我想，惊讶于安娜说话时的神态自若。

缪丽尔还在琢磨。

安娜说："对了，下次讲讲法国女孩的故事好吗？"

我点头表示同意。

2 月 12 日

这次我们在泰晤士河的河堤上。

"当时已是午夜，我和一个朋友走在蒙马特高地一条无人的街上，这条街很陡，靠近煎饼磨坊。我们听见身后传来一阵轻促的脚步声，转身看到一个十六岁的少女，从斜坡上飞奔下来，帽子上一朵大大的虞美人在摇荡。她对我们说：'救救我，梅林和他的同伴正在追我。他们比你们壮实，我们仨一起跑吧！'

"她一手挽着我的朋友，一手挽着我，拉着我们俩向前跑。我们俩觉得很逗，就跟着她跑了起来。因为她体形纤细，我们这样跑，有时她像是飘了起来，脚不着地。

"我们跑到高地下面，安全了。她用清亮的嗓音字正腔圆地告诉我们：'我丢下了行李箱和旧衣服，无家可归，你们能让我留宿一晚，帮我找个工作吗？我叫特蕾莎。'

"我们坐出租马车到了蒙帕纳斯。她的脸看起来既聪明又有点土气倔强，一副老实人的样子。我们将她安顿在一个按月出租的单间里，给她写了几封介绍信，推荐她给画家当模特，还给了她一点零用钱。

"'我会还钱给你们的。'她说。

"第三天，我们又请她一起吃午餐。

"她开开心心又从容不迫地对我们说起自己的身世。

"她出生在中部一个小村庄里，小时候有个叔叔总是对她毛手毛脚，要满足他的要求，他才会给她蜂蜜。她从小牧羊，十五岁被介绍到巴黎一个婶婶开的露天小咖啡馆里洗盘子、当服务员。她厌倦那样的生活，然后认识了梅林，一见钟情。梅林使出浑身解数将她拐跑。她很爱梅林。梅林是皮条客，很快就教会她接客。特蕾莎对此毫不在乎，她很自豪能靠工作养活梅林，但梅林经常不见人影，说是去祖母家。她起初怀疑，后来确信他有了别的女人，一个和她一样的小姑娘。她远远地跟着他，然后捉奸在床。她想用酒瓶砸昏梅林，还威胁要向警察举报他的偷窃行为。梅林听了把她推进壁橱里锁起来，溜到同伴家里讨论该怎样封住她的口。特蕾莎和情敌隔着壁橱的门交谈，两人发现梅林口中的祖母其实是他的第三个情人，比她俩年纪大一些。情敌将壁橱门打开放走了她，她赶紧逃跑，听到身后一阵喧嚣，然后就遇到了我和我的朋友。就是这样。

"她成了模特,要提前八天预约,颇受追捧……

"没多久,她给我们还了钱,还说:'你们把钱借给另一个需要的女孩吧。'

"一个月后,我们带她去看梅德拉诺马戏团表演。在一个叫《钢牙猛汉》的节目中,有个男人用牙齿将一个小女孩和一台钢琴咬住顶在胸口上。特蕾莎告诉我俩:'朋友们,我看上这个人了。先跟你们告辞。'她在出口等他,赞美他,请他喝香槟,向他表白。她成了那个弹钢琴的小女孩。这样过了幸福的两周。那个男人很想要一只海泡石做的大烟斗,上面雕刻着高卢英雄维钦托利的头像。为了买烟斗送给这个男人,她又去接客。男人知道了之后醋意大发,失去了信任,把她锁了起来,一连八天不让出门。特蕾莎一开始还觉得挺得意,时间一长怒火直冒,引诱了住在同一栋楼的画家,唆使他拿来梯子,从窗户逃跑了。她跑回来找我们,重新规规矩矩地当模特。可她不安分,又听信了一个家伙说可以给她一大笔钱,便跟着他去了开罗,结果进了一个庞大的地下妓院。她在那里假扮处女,备受宠爱,还存下了一笔嫁妆。后来警察来搜查,由于年龄小,特蕾莎被送到一个由修女管理的教养所。在那里,她是最出色的裁缝，性情最开朗，所有功课成绩优秀，最后被护送到城里负责试衣。一个想拯救她的英国人把她劫走。她和这个英国人的女儿们住在红海边的别墅里，拥有一座网球场和几匹马。她发电报给我和我的朋友邀我们去玩，从亲戚口中得知表哥要娶另一个表妹，突然想起自己当牧羊女时和那位表哥朝夕相处的回忆，情不自禁地给表哥发了一封电报示爱，抛下一切跑回村里，及时破坏了婚礼，并成功嫁给了表哥——一个不错的陶器商。三个月后，她觉得这种循规蹈矩的生活难以忍受，逃跑了，再次回到巴黎，重新做受欢迎的模特。由于她的经历以及叙述经历的方式非常奇特，她渐渐有了名气。后来她遇到了一个安静细心的男人，是个殡仪馆的老板。她爱上了他，追求他，而他根本不理睬。特蕾莎宣布：'我完了。我才十八岁，却遇到了一个让我无法背叛的男人。'被特蕾莎抛弃的丈夫和她离了婚，殡仪馆老板也最终娶了她，两人十分幸福，没有孩子。特蕾莎给一本杂志写了自己的回忆录。"

安娜说："真行！在你们国家，一个女人竟然可以如此任性妄为也不丢脸。艺术家接纳她，有教养的英国人喜欢她。她的运气真好，胆子也真大！"

缪丽尔说："克洛德，我们接受的教育对我们隐藏了一些极为重要的东西。你让我们了解了岁月静好之外的真实世界，我们完全可能生而为那样的女孩。你愿意继续跟我们谈谈这些吗？"

"是啊。"安娜附议。

1902年2月13日

我们三人一起上课。缪丽尔和安娜读过一些法语老歌，于是她们背诵了几句喜欢的歌词。

安娜说："我喜欢这两句八音步的歌词。"

> 醒醒吧，爱笑的嘴唇，
> 醒醒吧，跟我说说话。

"我从这两句歌词当中看见了充满法兰西风情的场景，轻佻与柔情。"

我评论道："很优美。缪丽尔，你呢？"

"我的是两句十二音步的歌词。"缪丽尔回答。

> 当他吻着我的脸颊跟我说再见，
> 我看见头顶广阔的蓝天不停回旋。

"回旋，轻轻地旋转，令我感动……你呢，克洛德？有什么英文句子让你印象深刻？"缪丽尔问。

我说："说实话，我一再被这句话戳中心脏：

噢！我先知先觉的灵魂！[1]

这句话出自《哈姆雷特》，相信我们的灵魂，敢于冒险。"

安娜说："先得弄清楚是灵魂能预知还是大脑能预知。只有在事情发生的时候，人们才会说'如我所料'，这是一种自我鼓励。"

隔天，缪丽尔表示："一个语言里只有 son、sa、ses[2] 这种所有格形容词，不管所有者是男是女的民族，是一个很不实际的民族，会被加拿大超越。'Il mit sa main sur son épaule.（他 / 她将手放在他 / 她的肩上）'这句话就可以理解为四种不同的意思。"

安娜接着说："我一皱眉头就会搞错。"

我们就这样东一句西一句地瞎聊。

---

1 原文为 "O my prophetic soul!" 。

2 法语，表示"他的"或"她的"，单从字面上无法看出所有者的性别。

克洛德的日记

2月 14 日

我和缪丽尔骑脚踏车去一座著名的修道院。我跟在她后面，看着她的脖子，知道她对我的拒绝已经不再那么决然。世界焕然一新，但共度这个早晨对我来说远远不够。

修道院很美，缪丽尔是引导我的大天使。在柱子之间，阳光透过彩色花窗照在她身上，她的美变得令人无法承受。刚才我远远地凝望她，现在她用带着玫瑰和刺的枝条鞭打我。我觉得再也不能错过她。我第一次亲口问她："缪丽尔，你希望我们有朝一日在一起吗？"

她亲口回答说："有时候，一瞬之间，我会以为我们在一起了。"

我们俩都感到很意外。

"缪丽尔，你刚刚说的话很可怕。这是你第一次动摇。"

"是第二次，"缪丽尔更正说，"在迪克和玛莎家已经动摇过一次。"

"我要怎样做才不会让你感到厌倦呢？"

"克洛德，我也这样问我自己！"

她爽朗地笑了，突然意识到我们正在修道院里，她举起一根手指放在嘴唇上示意放低声音。她的眼睛和她十三岁时的照片里一样。

我对缪丽尔说："我难得见到你，我很怀念每个星期天上小岛去的那段时间。如果你母亲知道，如果我们保证一定遵守她的规矩，她会不会答应让我去看你？"

"我试试。如果不行，我们就到迪克和玛莎家见面。我心里有一条河，潮起潮落，不听我的指挥，刚刚就是这条河回答了你。"

"那我可以告诉克莱尔我有了一丝希望吗？"

"可以，如果你觉得有必要。"

安娜写给克洛德的信

2月14日

我很开心，很想念你们俩。

克洛德给克莱尔的信

1902年2月14日

我爱缪丽尔。我一直没告诉你，等着出现一线希望。

现在我有了一丝丝希望。我和她会进一步接触。我想这个消息会让你高兴。

缪丽尔和你很像。

布朗太太原则上反对跨国婚姻，但她会让女儿自己做主。她说我应该听你的意见。

我对她是一见钟情。

克莱尔给克洛德的电报

2月16日

你俩身体欠佳不宜成家。两个理想主义者。速归。
克莱尔

克洛德给克莱尔的电报

2月16日

谢谢坦诚相告。不日归去。克洛德

缪丽尔写给克洛德的信

2月 16 日早晨，小岛

玛莎来看母亲，动摇了她的心。我听到她们俩在客厅里的谈话。母亲说你心灵高尚，她一直相信我会爱上你，且不再担心你不爱我。玛莎说尤其不要干涉我们。

我读了《萌芽》，十分厌恶。但厌恶之感会消退，有益的东西会留下。

午夜

我今晚有一个挥之不去的念头：我永远也无法像你爱我一样爱你。也许我明天就会忘掉这个念头，但是我现在是这么想的，就这么告诉你。

布朗太太写给克洛德的信

2月 16 日

亲爱的克洛德先生，我和女儿谈过了。我们关系好转了，你听了一定高兴。希望你会来看我们。深情祝愿。

克洛德的日记

2 月 16 日

收到安娜的一封信，她在信里谈起了"希望"、特蕾莎还有芷拉，把这三个女孩相提并论。我突然意识到，她和缪丽尔并没明白我和芷拉之间发生的事。她们对我和她可能接过吻已经感到诧异，比接吻更进一步的已经超出了她们的理解范围。她们还不知情，但她们应该知情。之前的一切都太顺利了。

克洛德给缪丽尔和安娜的信

2 月 17 日

我担心，碍于你们俩的纯洁，我当时没敢原原本本地讲述，因此你们并没明白我和芷拉的关系已越过男女之大防。

今天是星期二[1]，你们的母亲邀请我星期六过去。写信给我。

---

1 据真实日历，1902 年的 2 月 17 日应为星期一，但作者原文如此，故不做改动。书中还有其他星期与日期不符的情况，不再提及。——编者注

缪丽尔给克洛德的信

2月19日早晨

你要我马上写信给你，我照做了，但我并没有足够的时间想清楚。我唯一的感受是你的坦白带给我的剧烈刺痛。假如是别人告诉我你是这样的人，我会把手按在《圣经》上说不可能。

你以为那次已经说明白了让我懂了，事实上，我只能想起一些隐约的痕迹。

可惜我是英国人，我母亲和亚历克斯要是知道这事，会宁可让我死也不会让我嫁给你。这是我们的信条。不要对我有任何期望。

2月20日晚

有一天你曾问我一个失去了童贞的男人是否能娶一个年轻的处女。几天前读了《萌芽》，我才真的明白"处女"这个词的意思。我一直认为这个词的意思强烈却又模糊，而且只涉及道德层面。我不记得当时我是如何回答你的，但如果当时我清楚它的含义的话，我会回答不能。

你不认为也并非有意给我造成伤害，或许你会因此得到原谅，在我看来，你对一个女人犯下了罪。我们这儿有个说法："法国人的礼节讲究，而英国人的道德有骑士风范。"

爱情应该基于尊重，所以我需要时间。我曾经对你说："我们爱的是眼下这个人，过去的就过去了。"

这句话只适用于小节，不适用于你的这一行为。

星期六见你吗？我想对你说："别来了。"——可是总有一天我们还是得见个面，既然你想来那就来吧。

什么都不要解释，我听不进。

2 月 21 日晚

如果我早点明白，我们之间不可能发生什么。

我向你清楚地强调过，是对的。

想到你受的教育、你的母亲和你的心，我就怒火中烧。

跟我说说克莱尔和你的父亲。

他们是怎样相爱的？

上帝阻止了我早早爱上你。如果有一天我爱你，那得是不顾一切。

我今天早上一次性收到了你的三封信。

我只有一个目的：了解你。你做过的事，怀着愉悦去做的事，是为了弄明白。就这样吧，我可以理解。

这种事还可能再发生吗？可能还是不可能？这一点我得了解。你伤害了她，或者伤害了你自己。

星期六过来吧，我会找到一些力量。

晚上 *11* 点

人只能理解我们了解的东西。在《茶花女》和《悲惨世界》里，我读到了男女之事，但并不理解它，在你评论的《萌芽》里也读到过。

一个小孩只见过蝴蝶和鼹鼠，当他读到大象这个词时他能懂吗？

没有爱情的男女相合，让我感到可怕和悲伤。你居然告诉我你曾做过这事！

如果你打算再做出这种事，即使只是有轻微的想法，我需要有巨大的力量、强大的信仰以及极度的纯洁，才能爱你。我不知道自己是否能做到。

这事真的是你做出来的？一次犯错也许不会完全毁灭我的爱，但是道德观的基础不同的话，一切都不可能了。

午夜

你还能帮我吗？

这么说，我读《萌芽》是为了理解你？

我的理智可以冒险，但我的心不可以。

我今天一天都会窝在床上。

星期六过来吧，也许我会让你很不开心。

我宁愿是我做了这件事。我也应该那么做吗？——不，我宁可是你，如果有一天我们结婚了，我将会是唯一有权接受的人。

2月22日凌晨1点

所以我以前根本不了解你。我的无限柔情和迟疑都建立在幻觉之上。

你在我心中已死。我只敬重更崇高的人。

凌晨*2点*

跟你学习法语已经有三十个月，我已经分裂成两个人。我应该理解你，或彻底否定你。我相信你和我一样纯洁，才把你当成了兄弟。我绝不可能认为这件事是好事。这是个大祸。

你对我的爱变了吗？你曾赢得了我的心，现在必须一步一步从头来过。

一半的我反对你，一半的我支持你，我自己也理不出头绪。

我没弄错吧？有某种可能你已经成为人父了（克洛德又看到芷拉的脸，对他说："你什么都不要为我担心。"）如果是这样，你得对孩子负责，连禽兽都知道。有一天也许你会遇到这个孩子，他处于穷困之中，你却不认识他。这叫我怎么能接受呢？

英国已经没有野狼了，也很少发生这种行为。

这个你见识过的女人，你可能已经扰乱了她的生活，你不愿长久地爱她，可她呢？

星期六过来看看我现在什么状态。你得解释清楚！表里完全不同的你，是怎么做到的？

你接受了照顾姐妹的责任，让她们依靠你。

你想清楚了才做的，并非出于软弱，那么就还有希望。

我的生活没有这样的机会，我只能在思维混乱的时候才会做出坏事，以至于我以为在其他情况我有可能不那么做。

两个月来，为了帮你疗伤，我对你完全敞开心扉。

凌晨 3 点

有时你让我感到厌恶。我错了，因为任何事情都不该让我厌恶。

凌晨 5 点

我醒了。多么奇怪的感觉！好像空落落的？发生了什么？有人死了？我独自一人，我的朋友不在身边。好几个月来他都在我身边，就像一件家具，甚至未曾引起我的注意。没有他我怎么活？

找另一个朋友吗？何必？

有个影子在那里，低着头，期待着。是他吗？有一天我可以吗？

啊，也许吧。

但我正在为已死的人哭泣，我不能接受一个活人。

早晨 8 点

你看我，我似笑非笑，还有我的手。我刚才都无法像平常一样对你打招呼。我不再难过，因为不该两个人同时受煎熬。当你不再痛苦，就会轮到我。

你对我的坦白，今天早晨我不再去想了。世界上有太多我们不明白的东西，太多不可思议的事情却又真实存在。

当我说"我应该从头来过"，这并非虚言。其实我已经从头来过了，一切完好无损。我重新变成了你的姐妹，来吧，让我帮助你。

正午

你的来信棒极了，对我很有帮助，我还只读了一遍。

昨天我停止了思考，今天早晨我对自己说："他要来了。再装起前天的冷酷无情。然而我就是做不到。我不再用原来的眼光看那件事，我现在觉得那是比较自然的事。二十四小时之后，你将到来，真的站在我面前，而不是一封干巴巴的信。

明晚，你在这儿停留的全部时间里，我们要好好谈谈。事出紧急。

我只知道植物的繁殖方式，我猜想动物的繁殖方式应该与之类似。自然的事不会令人恐惧。情感就是一切。

假如我想有个小孩，我都不知道该怎么做。我真的无知。

别怕冒犯我。我习以为常。

安娜给克洛德的信

1902 年 2 月 23 日

你对我推心置腹的坦白令我难过，尤其我还挺喜欢芷拉这个女孩。本不该这样，既然我对你有信心。

我猝不及防，突然得知你做了一件别人常对我说的世界上最坏的坏事。

你帮我理理头绪好吗？缪丽尔的情绪好像缓解了一些，也许我也可以？

我在你巴黎的房间里给你写信。你母亲对我非常好，但她用一种很糟糕的口气对我谈起缪丽尔。你要做好准备，掌控自己的人生。你母亲想去小岛见我母亲和缪丽尔，她现在很反感她们俩。她认为缪丽尔不好，特别是她眼睛有问题，绝对不能娶她。

缪丽尔给克洛德的信

2 月 24 日

我们一起整整度过了两天。你来的时候我无比冷漠，你离开的时候我又满怀深情，希望两者在你心中不会冲突。我起先觉得如此疏离，后来又感到如此亲近。

现在回巴黎去看你母亲吧。唯愿她别因为我而难过。没有什么事情也没有任何人能介入我们之间，我们自己已经在彼此之间放置了很多障碍。

2 月 25 日

写给在巴黎的克洛德

我真想和你一起在巴黎，连我母亲也这么想。你母亲对我和我母亲宣战，反而使我和她更亲近了。我母亲还说她知道我爱你。真是大胆！

这样也挺好……她说得好像我们俩明年春天就要结婚。我又开始对她笑脸相迎。这让我感觉舒服多了。

母亲让我们谈谈宗教信仰和孩子的问题。我有些担忧。

我在信里对你说："我离得这么远！"你以为我说的是"离你这么远"，其实我说的是"我对你的了解还远远不够"。

所以安娜还是和以前一样住在你家。我羡慕你们，我想念你们。在我心目中，你跟她几乎平起平坐。有一天你的地位会比她更高吗？

再跟我说说你的善和你的恶。当我的手靠近你的手时，我能了解。当你远离我时，我却不再清楚。请全都告诉我，巨细靡遗。

你的爱是我生命中的一部分，是一根牵住我的绳子。你的名字在我脑中挥之不去，无休无止又变化多端，时而带来困扰，时而带来喜悦。如果这样太过分，我情愿不了解你。

2月 26 日

我母亲很喜欢你，不过假如我们分开，她会很高兴。她觉得我们在一起很难幸福。她这样想并不是因为考虑到我们俩的身体状况：她认为结婚会让我们变得健康。她想到你母亲，觉得不应该令你和你母亲决裂。我一点都不认为你们会彻底决裂，但现在似乎有这种风险。

我是否应该为你母亲着想而离开你？那样会让你过得更好还是更糟？你独自和她一起生活下去会幸福吗？你很坚强，我也一样。为了你的幸福，我可以放弃你。你想象得出你母亲对我们俩会有多大的怨恨吗？

你爱我，我有一点爱你。在我还没有太爱你时毁弃这份爱吧。等到哪一天它占据了我的全部心思，我就无法抽身了，因为我和你母亲一样，一辈子只爱一次。再详细描述一下你母亲和你父亲的短暂幸福，还有你幼年时她是如何养育你的吧。

假如我们分开，我后知后觉地发现我爱你，这是我个人的风险。

请好好试试把我从你生活中抹去。

　　我把为人妻想得太崇高，以至于我不知道自己是否够格成为你的妻子。

　　2 月 28 日

　　我像是在一条无尽的滑梯上起起伏伏："你爱他——你不爱他。最终你还是会爱上他。我会因为别人的影响而爱上他吗？我能做到离开亲人，和他一起长期生活吗？我肯定他就是我命中注定的那个男人吗？"

　　某种力量促使我走进房间，开始向上帝祈祷。我不禁跪下说："我的上帝，请让我做克洛德的贤妻，此生不渝，直到永远。"

　　接着又开始胡思乱想："我只想和他一起学习。他能否让我静一静？我刚结束艰苦的学业，回到家里，什么都要我来做。哐当！他爱我。随便。哐当！要我也爱他，可是我不爱他啊！他向我坦白他的过去。我发现他干过一件大坏事！没有他的时候我过着我的日子，已经忙得快爆炸。他一出现搞得鸡犬不宁！所以我很生气。"

　　让我喘口气吧。

　　我有时候会对你喊："你走开！"

　　可我有时又会加上一句："带上我一起走！"

　　念书的时候，我承担了很多任务：游戏、社团、戏剧、慈善活动……很简单：我那时候没有男友。现在有了男友……既甜蜜……又痛苦……愈发甜蜜……这一切支撑着我，又或者将我压垮。

我想接下来几个星期都见到你，弄清楚。

凌晨 5 点

我无法正视自己。今天我只能对你唱"我的心失去了平静"。

在读左拉之前，你推荐的托尔斯泰使我将肉体的爱和不幸联系在一起。你要跟我反复说说芘拉的事，直到我接受或拒绝这件事，连你一起拒绝。亲口对我说，不是写信说。

通向你的道路如此艰难。就算看不到山顶，一路的攀登也是一种收获。

1902 年 3 月 6 日

写给在伦敦的克洛德

我刚读了你写的诗和短篇小说。

我认为你这几年的生活是播种和孵化，不应该是创作。

把过去几年和将来几年当作达尔文的环游世界之

行。他花了若干年收集资料来创立自己的理论。

如果你将收集资料和创作混在一起，你会精疲力竭，也不会有好的作品。

每个人都掌握着自己的人生。

3月7日

安娜在你母亲家过得很难。

星期天你还是别来吧，虽然我想见你。那天是我第一次给新学生上课，一共有十二个男孩，年纪在六到十二岁之间。

我不清楚你的目标。我对你有帮助还是一种阻碍？妻子应该是一种力量，而不是一份负担。

我不再自问任何问题：我坦然存在。

别担心使我爱上你，即使最终你会拒绝我。

3月8日

很多事情我只不过是习惯了去做。你筛选一下，宁可多舍弃一些也不要舍不得。一起减轻负担。

将一切尽量简化（多开心啊！），有了现代家电，我们不用女佣就可以过得很好。

别再说"和我一起生活会惹人羡慕吗？"或者马上

给我举出一些例子。我并不期盼安逸的生活。

我们都怀疑自己是否配得上对方，这一定有原因，让我们找出原因。

我们的理智可能否定我们的心。不管我的理智怎么说，我的心宁愿沦陷。

3月9日

今晚我给你我的深情，平静，深沉，毫无保留，我觉得你需要它。

如果你必须离家数年，就像探险家、牧师或者水手一样，你妻子的心灵将陪伴着你。

孩子会影响你致力于人性的探索吗？

你的妻子肯定预先被告知了，但她可以自己决定推迟生育吗？我目前尚且无法想象这样的事情。

你的妻子应该灵活、坚强，身心平衡，还要有勇气。

你留恋单身生活的轻松自在吗？那就别结婚！

你寄的明信片到了。十足的蹩脚英文！我们读了笑成一团。

10 克莱尔

缪丽尔写给克洛德的信

3月10日

你母亲给我写的信最令人生厌之处是她那副自以为是的态度。她自己想象了一出连环画故事，把我当成迷惑人的海妖和女巫，她完全投入其中，指责我勾引你，耍诡计下套子。我不会回应。你特意去巴黎看她，她一点也不为所动。她要到伦敦来见母亲和我。

确实，我们俩，你和我，过从甚密，毫不避嫌。如果我那时候确定我爱你，那么我当时会答复你："我们马上结婚吧。"

她在信中一个字都没有提起你对我的爱。然而你小的时候，她能好好地给你讲述她自己的爱情故事，我现在把她说的故事转述给你。

克莱尔和皮埃尔这两个名字听起来多么般配！克莱尔自己拥有过这么美好的爱情，为什么不肯促成我们俩的姻缘？

告诉我你童年时是怎么与她一起生活的。应该可以找出症结所在。

她认为你将来会有一番大事业，我也这么想，不过我想说你的事业并不一定有多么轰轰烈烈。

克莱尔的回忆

（这是她说过无数遍的回忆，以她的口吻来讲述。）

那是在一八七八年一月，下午五点，我上完课从索邦大学回到了我母亲在奥德翁剧院旁开的书店。我坐在书店里的一张小椅子上，跟她聊着下午学校里的情况。

皮埃尔那天第一次踏进我们的书店。他第一眼看见我心里便动了念头："我要娶她。"而我望见他，也芳心暗许。

　　第二天皮埃尔在同一时间又来到了书店，发现我还是坐在那张椅子上。我们对视了一眼，以眼神对彼此说："情定终身。"

　　皮埃尔每天都会来书店，每一次都会慢慢地选购一本书。我不负责卖书，所以我们没有交谈，只是偶尔互相凝望。就这样持续了一个月。

　　有一天我没去书店，母亲早就感觉出了什么，她对皮埃尔印象很好，于是他们俩首度闲聊了一下。皮埃尔告诉我母亲他即将完成学业，和他母亲一起住在附近。他母亲将不久于世，而他要等到母亲归天之后才能决定婚娶。

　　有一次，我遇见他母亲，她穿着丧服，神情凝重，扶着皮埃尔颤颤巍巍地行走。

　　不久他母亲便过世了。皮埃尔坚持独自一人送母亲去墓地。

　　第二天他来见我母亲，并请求我母亲把我嫁给他。他请求的方式得到了母亲的认可，母亲对他说："那你去和克莱尔谈谈吧。"当天晚上，他第一次和我说话，向我说出他的希望。

　　我对他说："我们不是已经定情了吗？"

　　他回答："对。"

他追求我，但从不送花，而是送精美的书籍。我们很快就结婚了。在他之前我从未留意过其他男人，他也没有倾心于其他女人。我们结婚时他三十一岁，我二十三岁。

我们住的公寓位于美第奇路，朝着卢森堡公园。皮埃尔热爱画画，家对面的美丽公园是我们的天堂。

克洛德，你很快就在我的腹中孕育。每当星期天我因怀孕而感到疲倦时，我就提议到公园坐一坐。皮埃尔总是说："克莱尔，如果你走得动，我们再去卢浮宫参观一遍吧，让我们的儿子将来也喜欢画画。"

我们坐上马车，去卢浮宫。

我们俩活在书堆和油画之中，以自己的方式发现自己，很快你出生了。

一年之后，皮埃尔患了脑膜炎，他用手指掐着我的脖子，问我："你愿不愿意和我一起走，我要掐死你。"

"当然愿意，皮埃尔。"我回答，任他掐我的脖子。

我母亲像疼爱我一样疼爱皮埃尔，她轻声哀求他放手，皮埃尔听了她的话。

"我们再去卢森堡公园散散步吧！"他说，同时向我伸出手。他急急地从开着的窗户跨出了阳台，一脚踩空，大喊着"克莱尔！克莱尔！"。他头部着地，撒手人寰。

我差一点也死了，但那时我和他不再是两个人，我们还有你。

你开始长大。圣诞节的时候我总会给你四分之一杯香槟，还让你吃一口鹅肝，跟你讲耶稣和皮埃尔的故事。你还太小，总把他们俩弄混。你很小的时候，我第一次教你《我们在天上的父》，你以为我说的是"我们在天上募捐的父"。你在想象中看见你父亲在参加天堂的大弥撒，打扮成教堂执事的样子，手里拿着长柄钱袋进行募捐！

四岁的时候，你一本正经地要求我在我变小而你长大的时候和你结婚。我告诉你我不太可能变小，于是当晚你请求我让你叫我克莱尔，和你父亲一样，而不再叫我妈妈。我们俩都喜欢上了这种方式，这个习惯也就保留至今。

你最喜欢坐在我身旁的矮凳上，拉着我的裙子，唱着："妈妈在这里，妈妈在这里。"

我不能时时刻刻都在你身边，有时我会出门。你讨厌我不在家。有一天晚上为了阻止我出门，你故意将脸颊贴在烧得有些发红的锅子上，烫伤了皮肤。我明白你的意思，替你包扎了伤口，但还是出门去了。你躺在床上，伤口疼痛，于是你去找外婆，握住她的手。

（现在我仿佛还能听见克莱尔亲口向我讲述这些事的声音，缪丽尔，我让她再多说一些。）

我们之间有过一些矛盾，那是因为有极少的几次我命令你听我的话，却没有耐心好好跟你讲道理。

我和你外婆带着你去跑马场。你之前从未看过这些：小马赛跑、小狗赛跑、小丑、大象、暴君尼禄，还有罗马城的大火。你看得如痴如醉，所以表演结束时不肯退场，坚持留在原地等节目重新开始。外婆原本想跟你讲道理，但我恼火了，拉住你的手就把你往外拖，像是拖一个包裹。

出来后你在马车上大吵大闹，令人印象深刻：我的短上衣的一只袖子被你撕破，你一路闹回家。你生平第一次被打屁股，气得在地毯上打滚，哭得抽抽搭搭。你发现你的抽泣和翻白眼会让我很担心，于是每次没有顺着你的意思的时候你就故意这么做。

我请家庭医生来看病，向医生描述你闹脾气的情况。医生安慰我说你这种情况和你父亲的脑膜炎没有任何关联，此外他允许我使用一种特殊的武器。

你再一次在地毯上打滚的时候，被泼了一头冷水，一时之间屏住了呼吸。你看到我拿着一只空玻璃杯，你的女佣乔安娜又用凉水壶给我的杯子添满水。你觉得很难受，却没有彻底被镇住。你又开始发脾气，不过已经不像原来那样气壮，在被浇了三杯水之后就屈服了。凉水壶让你守规矩，但你却因此一直没有完全原谅我。

（克莱尔的回忆结束。）

缪丽尔，既然你想知道，那么让我告诉你接下来发生的事。

五岁那年，有一天克莱尔有点急躁地在客厅里教我阅读。我不喜欢克莱尔急躁的时候。她将书本打开，翻到字母 D 那一页，然后开始向我讲解。"D……I……A。"她念道。我犹豫着没开口，她便用铅笔在上了漆的桌面上重重地敲了两下，我吓了一跳，呆了。"你看'D……I……A'连起来读什么？"我回答："妈妈，我不知道。""'D……I……O'读什么？""Dio。""那'D……I……U'呢？""Diu！""很好，那'D……I……A'呢？"

我耳朵里又听见了敲铅笔的声音，我怕自己不会读，我还是不会读，"D……I……A"就像是一个黑洞。

克莱尔说："你知道读 Die、Dio、Diu，怎么就不知道读 Dia 呢？我不相信你说的话，你一定是故意装不会！"

这话让我十分惶恐，我怎么可能故意装不会呢？克莱尔不了解我。于是克莱尔大发脾气，威胁我，但没有用。我还是卡住了，陷入绝望。"D……I……A"像是个无法打败的怪物。克莱尔出门时已经迟到了，她摔门而去。

我去找外婆，把这件事告诉了她。她给我吃点心，并用平静的声音说："那么，你不知道'D……I……A'怎么读吗？"外婆的平静让我安心，我回答："不，外婆。其实可以读成 Dia，如果……（我不知如何解释，如果妈妈没有用铅笔敲桌面的话我也许读得出来）就是读 Dia 啊！"

晚上克莱尔回到家，我对她喊道："我知道'D……I……A'读成 Dia！"克莱尔消了气，抱着我亲吻，但她还是认为我是故意装不知道。（四十五年后，在她过世的前一天，她还对我提起这件事，我平心静气地告诉她我不是故意的。）

她对我说："世上有两种人，一种是骗子，另一种是被骗的人。应该选择被骗，因为这才算正派，而且节省时间。"

我回答说："好的，妈妈。我会做被骗的人。"

缪丽尔写给克洛德的信

3 月 10 日晚

我现在明白了。克莱尔把你当作皮埃尔生命的延续，因此不能和别人分享。

我同情她。

"D……I……A"这件小事让人预见了后来的一些冲突。

你是独生子，童年时比较羸弱，像一个毫无束缚的小王子，纵情幻想。你九岁了，进了一所好学校读书，每天早上七点去上学，晚上八点半才回家，没有好好运动，也不动手劳作。在我们英国人眼中，这简直是一种毁掉儿童的罪行。你缺乏现实感，天生极为自私，然而你以自己的方式与之对抗，比我和安娜都更彻底。

你把你的问题带给我们，未经同意又将你的问题和我们的问题搅在一起。你想简化我们的生活，却让我们的生活变得更复杂。你害得我们浪费了时间，却突然令我们成为你的信徒。

你让我想要跟你说说我的父亲。如下：

查理·菲利普·布朗一头红发，个子矮，肩膀宽，很灵活。他是五个孩子中的老大，非常强壮，也非常安静。他的父母是农场主，他性格独立、顽固、正直、富有创造力，笑容很有亲和力。作为一个年轻水手，他真切地认识到：环游世界一次后发现地球是圆的；环游世界两次后发现地球很小；经过考量之后在一处采购货物再到另一处卖出，就能赚到养活一家人的钱。他自学成才，见多识广。

1876 年他三十岁，遇到了我们的母亲并娶她为妻。我母亲当年二十一岁，是乡村医生的女儿。她的同学都叫她"小山羊"。她可以算得上虔诚、专横、忠诚、固执，也大方慷慨。

我父亲生意兴隆，因此赚了钱，在距离伦敦两小时路程的地方买下了一幢房子。房子带有花园、农场、一小段河流，还有一座小岛，岛上还有水车在间或运作。

他们夫妻关系很和睦。

很快，他们有了四个孩子。我和父亲一样有着一头红发[1]，他总是让我骑在他肩膀上，带我一起在田间散步；

---

[1] 前文安娜介绍缪丽尔时提及她长着一头金发，故被称为"黄毛茛"，而此处缪丽尔自称红发，是原文的矛盾之处，为尊重作者原文，故不做改动。——编者注

安娜是一头棕发，像姑姑们；亚历克斯和查理这两个儿子得到了母系的遗传，都是金发。我们姐妹俩形影不离，兄弟俩也是。

我父亲在马来西亚染上黄热病而过世。

母亲不得不将大房子和花园出租。只留下一个农场、小岛和水车，你都知道的。她将一幢位于小岛顶端的老房改建成乡村住宅，去年才完工。

她送孩子就读好学校，长子考上了牛津。

我们就成了现在这样。

缪丽尔写给克洛德的信

3月11日

我并不美，也不迷人（不不不！克洛德心想：你美丽、迷人）。我来自田园，你似乎很喜欢我，我不知道你为何爱我。去年在巴黎的时候，你母亲的医生当着她的面为我检查身体。医生认为我过度劳累，不过身体健康良好，我的双眼就是因为无法自控地看书过度，才会视力受损。我的英国医生告诉我，只要我一结婚，身体就会恢复到少年时那般强健。总的来看，我可以应付我的工作和其他事情。

你母亲又来了一封信，很简短，但比上一封更咄咄逼人。安娜和她住在一起，想必受了不少气。我们想办法帮安娜离开她家吧。

我母亲心潮澎湃。

3月12日

如果你要来住上几天，带上换洗衣服，我和你都喜欢在雨中漫步。亚历克斯的猎装给你穿够不够大？

我重读了一遍自己为芷拉那件事写的日记，我以为那件事已经过去了。

根本不对，一切还是历历在目，让我无法呼吸！

事实如此。你听了一定失望吧。理所当然，我原本以为自己不会有这种感觉。来帮我理理清楚。你的学生掉队了，她想跟上你的步伐。她今天无法对你微笑，她坐在地上，避开你的视线，暗自神伤。你会对我伸出援手，明天早上就什么事都没有了。她很迟钝。

今晚到治安差的街区巡逻，要小心。

3月13日

《萌芽》这本书的内容实在太丑恶，我努力在你来之前把这本书看完。千万不要马上给我看类似的书，我不喜欢那些残酷的情节。拜左拉所赐，我体会了深重而长久的悲苦。

你要知道，你怀疑的时候，我也跟着怀疑。

我们俩的当务之急就是好好了解对方。四天之后你就来了。

你的信会让我对你的书十分挑剔。我会借给你其中一封，信里写道：某人写给她所爱的人。

克洛德给克莱尔的信

3 月 15 日

过激的反对可能导致反效果。我在兵营服役时，你切断了我和缪丽尔的通信，就像用一座大坝把河水拦住，河水蓄积成了湖泊，然后溃堤水流成灾。

我们俩的健康问题：好，我们会仔细检查身体。我保证。

别忘了我爱你。我认真考虑，不莽撞行事。

在小岛上的缪丽尔写给在伦敦的克洛德

3月23日

四天过去了。

克洛德离开了，他的房间里，客厅里，抽水机旁，哪里都看不到他的影子，而我已经习惯了他的存在。我们上一次一起煮鱼是什么时候呢？我们照料两只感冒的猪，准备热腾腾的饲料，用一捆稻草给它们做垫子，又是什么时候呢？这一切仿佛就是昨天。他这四天带来了一种新的生活，他走了，又将这种新的生活带走。

我告诉他我已经开始有点爱上他了，其实根本没有必要说出口，因为一眼就能看出来，他却将信将疑。难以捉摸，令我一瞬间无法呼吸。才下眉头，却上心头，令人气恼。他的心思与我大不相同，有时令我非常痛苦。

世界上还有其他男人既善良又坚强，值得仰慕，能够自然而然地与我想法一致，比如说一个英国男人，如果他是基督徒就更好了。

我烦恼，不是因为被爱，而是因为一个叫克洛德的男人带来了翻天覆地的变化……我的惰性在反抗这一切。

他教导我的时候，我的思想如此紧绷，以至于我的心封闭了起来。如果我们结婚，我们会有说不完的话，毫不厌倦。现在我们俩是在共同努力，一起开辟两人的道路。

我想跟你谈谈康沃尔郡。我如此深爱这片土地，以至于母亲都觉得可笑。你来这里看看就会明白为什么我这么喜欢。我在这里度过了一段暗淡的时光，然后走向光明，接着便认识了你。那时候安娜从巴黎寄来的若干封信全都是关于她的新朋友、你母亲还有你，令人气闷。

再往前数三年，我参加完考试，累垮了，比你去科奈普修道院接受治疗时的情况还糟糕。母亲很了解我，亲自为我选了这个荒野之地。我面朝海浪哭泣。亚历克斯无意之中成了我的避风港。我们的小屋由花岗岩砌成，矮矮的，矗立在地平线上。我们坐着由一匹长毛大黑马拉的马车，冒着暴风雪在夜晚抵达小屋。接下来的三个星期我过得无比美妙。

夏天的时候我们一起到那里去。岩石、荒野、燃料木都会变成金色和灰色。海涛拍击着高高的悬崖，水花四溅。浪涛涌入岩洞，发出雷鸣般的声响，然后流回海中。我们要躺在岩石上，头顶海鸥鸣叫，水雾扑面而来，拂过荒野。另一个日子里，海洋会风平浪静，美不胜收，碧波闪闪。我们去悬崖下的大岩洞，我会告诉你去做什么。

3 月 24 日

当我在海滩上向你坦白我对你萌生了感觉的时候，我以为我的心意已定。

可惜并非如此，感觉一下子又没了，因为我们俩的想法总是不一致，使我的感觉烟消云散。我爱你，但只爱一点点，也并非时时刻刻。如果我们之间的爱情已经稳固，无须朝朝暮暮，我甚至可以几年不见你。

扰乱生活的不是爱情，而是爱情的不确定性。

过去三个月来令我的生活变得混乱的人是我自己，不是你。

上志愿护士培训课时，医生告诉我们："如果有人没法收起自己的敏感、羞耻心和厌恶感，就请回吧！不能以愉快的心情干这些脏活的人不适合当护士。"

3 月 25 日

要是我爱你，我一定会不顾一切，明明白白，任凭风沙吹打侵蚀柔软的血肉，只剩下韧带。

我溜去我们曾经迷路的那座树林。我触摸着那棵大橡树，我绕开一片稀疏的初生林，看到一地的报春花！

能无缘无故地开心起来真好，只有这样才能开心！

即使永远无法得出肯定的答案，我们依然是朋友。

我不想在我的生命中失去你。

3 月 27 日晨

你母亲千方百计地恨我。我希望她不要再写那种像战斗檄文一样的信给我。我应该去见她吗？母亲反对我这样做。不用替我担心。

她对我的不满之一是我不喜欢她。我以前喜欢她。我欣赏她对你父亲的爱。我想和她单独谈谈，让她当面指责我，有些批评会不攻自破，其他可以找出问题所在。

3 月 27 日晚

母亲和我去看我们的老医生，他从我出生开始就给我看病，还经常把我背在背上。你母亲断言我的健康状况不适合结婚，这让我母亲非常担心，她想给我全面检查一下身体。她告诉了医生我们俩之间的事，并表示："我宁愿我女儿嫁给一个英国人。"

医生回答："不相干。他们俩是否相爱，这才是关键。"

老医生替我做了检查：我脉搏缓慢，脸容易充血（我脸红了好几次），太过劳累（从一月开始都是因为你）。整体而言，他认为我健康得不得了，他可以给我做证。

安娜发现你母亲在她的桌上留了纸条，写道："就这样，你搬走吧，我们再也不要见面了。这整件事与你我无关，但是我们无法置身事外。以后相遇的话，我们还是互相问好。"

她们俩竟然相处得这么好！

3 月 27 日晚

我眼下不喜欢你母亲。她想尽办法要把我们分开。下面梳理一下我和她之间的关系变化。

在威尔士的时候，因为谈到我的身体健康，她跟我详细地描述了你的身体状况，说你用功过度，偏头痛，爱感冒，念叨得我头疼，我已经记不清她是怎样在中间拉拉杂杂地谈到了帕斯卡的思想。她的真诚让我印象深刻。为了你，她可真的拼命。

我佩服她的无私、精力充沛，对一切充满好奇，对年轻人的热情。

乍看起来，我和她并不特别气味相投。不过我们在巴黎和瑞士一起住过，我生病的时候，她对我照顾颇多，成了我的法国妈妈，她对安娜来说也是一样。她曾带我去看她的医生，见她的裁缝，还见她的朋友。她总是叫我"我的孩子",她生病的时候我也照顾过她。

我参加过她办的"青年星期三"活动。我消沉的时候,她给我鼓劲。我们之间的友情建立在情感的基础上,而非思想的基础上。我在她家住了一个月,了解了她,我喜欢睡在你的房间,置身于你的物品当中,和你母亲一起在你祖母的床边度过许多夜晚。她很有耐心地纠正我的法语,批评我的迟疑。我在巴黎的最后一个星期因为舍不得离开而难过,那时她是唯一安慰我的人。

我喜欢你母亲,不过当她太过自信或者插手他人之事时又另当别论。她对你父亲的爱多么美好,抚慰了你的童年。她告诉你她从未以肉体来感受爱,这让她在我心目中的形象更高大。

我在豌豆田旁,坐在两轮车上写了这封信。

(写在一张精致的厚信纸上。)

3 月 28 日

圣周五[1]!

这是我第一次没有感觉到耶稣受难日的来临,第一

1　Holy Friday, 又称耶稣受难节、耶稣受难日,基督教的宗教节日,基督徒在这一天纪念耶稣基督的受难牺牲。

次没有利用复活节之前的圣周提升我的心灵。即使今天早上与母亲一起在教堂里，我也感觉和一年之中其他任何一天没有什么区别。不过，午餐后我上楼回到自己的房间，思考如何找出最好的办法让你接触我的信仰。

或许你不会喜欢看见我每天早晚跪地祈祷吧？（喜欢！喜欢啊！克洛德想。）

你说有些祈祷是出于怯懦，然而也有些祈祷是高尚的或者是必要的。

为何这个圣周五不一样？为什么我没有悔恨？

因为从圣诞节开始我一直在努力，比平时领圣体之后更加努力。

我刻意忘记你并不相信基督的神性。

耶稣受难日是一个特别的日子，在这一天里，我们沉思耶稣基督的死，与他的信徒一起生活，带着爱和感激战战兢兢，为一整年定下决心，为复活节领圣体做准备。

小时候，我总是拿着一张这样漂亮的纸和一支铅笔，认真地写很久，然后和前一年写的做比较。今年我还是会这么做，和你一起。

我跪着重新读了耶稣之死的故事以及他最后的话

语。我依照十诫来审视自身，记下自己应该努力拥有的
美德：谦逊和耐心。我急需这两种美德，但它们就像鳗
鱼一样滑溜溜的，抓不住。

我还跪着。我感觉到上帝就在这个房间里。我从耶
稣在十字架上说过的话中选出这样一句："我的父，宽
恕他们吧，因为他们不知道自己在做什么。"

去年写的那张纸上，我读到了这些话："道德斗争
在于修己""我们最大的优点往往是最大的弱点"。我的
纸上通常写满了括号，括号里还有括号，圆的、方的，
还编了号，加了批注，涂涂改改，你看了一定会觉得
好笑。

我摘抄几句：

"把小事当成大事来做。"

"别给克洛德一种虚假的印象，以为我比真实的
我好。"

"克洛德让我心烦意乱。怎么把这件事变得神圣？"

"和母亲相处要注意：一、避免讨论和对立；二、
对她表现出柔情；三、预判她的需求，迎合她的要求。"

十三岁时，我对上帝说："主啊，我在这里。我属
于你。请接受我。我愿为你效劳。"

我自认为是献身于上帝的人，经过漫长的准备，

十九岁时我再次发愿。我在大教堂领了圣体，决定献身。这是个明确的行为，有明确的后果。

一年前，我领圣体时审视了自己的内心，发现自己就像爱兄弟一样爱你，因此我说："神啊，我爱克洛德犹如爱我的兄弟。你先于我知晓这一切。我该不该接受这份爱，使之成为推动他的力量？推动我和所有人的力量？"

天主教徒怎样看待领圣体？对我们而言，领圣体是极其庄严和激动人心的一刻。很多人平常不怎么参加，但所有人都会在复活节时参加。如果到最后一刻内心仍然存在疑虑，就不应参加，应该在教堂祈祷，直到内心变得清明。

我从来没有想过我会结婚。因此圣诞节后，我不得不对你反复回答："不行，不行。"我很痛苦，因为我对你的感情已经增长。我心想："克洛德会怀念我对他的好，不过他很快就会交到新朋友。"

以上是我一年前的想法。今天我在耶稣受难日写的一张纸就是这封长信，时间已晚，星期六的曙光即将升起。我对你的感情不同以往，不再那么猛烈，而是更加深沉。

我永远不会背弃我对基督神性的信仰。

3 月 29 日

今天早上母亲对我说:"我不明白为什么你不能立刻答应或是拒绝,如果你的回答有可能是拒绝的话,立刻放弃吧,为了你自己,为了我们,为了安宁。"她不承认一月的时候曾经对我们横加干涉,我回答她说我们俩之间还在相互了解,要不是她,当初也不会说出"*爱*"这个字。

这封信是在玛莎和迪克家写的。你说过:"一进他们家便感觉心灵得到了抚慰。"

我在花园干活。我有个帮手,是个几乎还没长大的孩子,做事灵巧,在我身边蹦蹦跳跳。在岛上,我还有一个帮手,魁梧高大,同样灵巧,不过他不会蹦蹦跳跳。小个子的帮手自己也有一座小花园,种了两株玫瑰花。

我一边开垦花园,一边想着发生过的事,想着我们之间自然而然的发展,想着我们快乐的无知,不去想我们被迫遭受的一切。我们能挽救吗?能接受吗?

我母亲用话激你,令你先于我走到了现在这个地步。我们需要时间,需要时常见面。

我母亲直接把医生出具的检查报告寄给了你母亲。

戴尔先生的长女卡洛琳十分干脆地站在你母亲那一边!看到我们这里有人的想法跟你母亲一样,也是一种宽慰。

我的结论是，我钦佩你母亲，也喜欢你母亲，但她不会相信我这话。

让她高兴吧。别忘了，她身体不好。

4月2日

我考虑了你母亲提起的经济方面的问题。这个问题曾经让我们感到隐约的不安。

迪克和玛莎结婚的时候很穷困，靠着各种零活为生，日子十分拮据。他们生了一个女儿，为女儿打造了一个游乐园，接着是一所小学校，办得越来越好。在当时这做法很新颖。他们因此有时间慢慢发展自己的专长，获得成功。

我的志愿是教书。我需要一份稳定的工作。你也有能力教书。我可以自己做衣服。我会和安娜一样要求继承父亲留下的我的那一部分遗产。你跟我说过你也有一份遗产，你母亲不能拿走。我们俩的加在一起，根本就不必从零开始。你可以写作，写作这事对你来说顺理成章。假如你希望拿固定的薪水，可以去那家公司负责与法国联络的工作。

我们无须担心。

4 月 3 日

我充满了疑惑，玛莎也帮不上忙。我需要你的帮助。

小时候，我总是剥掉花盆里的虞美人花苞外层包裹的绿色花萼，看看里面什么样。花瓣是粉色和白色的，皱巴巴地卷成一团。如果我动作足够轻柔，而花苞已经成熟，那么这朵花便能活下来继续绽放。母亲就是如此对待我们的。

假如我做某件事做得不好，我向一个水平高的人请教，如果这人居然说我做得不错，我会很生气。

我的朋友应该给我批评而非赞美。

假如你打算毁掉一切，那就把我宠坏。

我心中突发狂想："我要自由！我要自己开创自己的生活！不，不，不！"

我等待一道崭新的光，照耀一切，改变一切。

4 月 6 日

我们只谈论爱。

爱的目的是什么？生孩子。

植物界的生命奥秘，我是了解的。同一种力量使男人和女人走到一起，这种原始的本能足以达成目的。你不是已经尝试过了吗？

不需要轰轰烈烈的爱吗？没有轰轰烈烈的爱，一切都好吗？心灵之爱？是什么意思？

这些想法萦绕在我脑海里。我心中萌生的爱并不模糊，很现实：玛莎和迪克那样的爱情。

你让我用另外一种眼光看待人生，现在的我可以独自学习任何事情，但是关于爱情，我只能向你求教。我知道你爱我，如果用"知道"这个词来谈论这种事情还算恰当的话。我们身边的人替我们说出了"爱"这个字，其实"爱"对我而言还只是一个字而已（我为此感到高兴，你也是）。它让我们整个冬天心绪不宁。

可惜，我就要离开玛莎和迪克的家了。我住在你住过的房间里，玛莎和迪克为更好地享受两人世界，没有雇用人，他们自己做家务，就像是一支别动队。玛莎和我一起等着你的消息。

4月7日

等到了！终于等到了！你直截了当地批评了我。本应如此，不批评的话就可惜了。你批评我萎靡不振，我不说谢谢，因为谢谢这两个字不足以表达我的感激。

假如我们彼此不相识，一起谈论上帝，我会认为我们的上帝毫无相似之处。可是，我知道我们心中有同一个上帝。

我对照了《萌芽》和《尼伯龙根的指环》，你读读看。

先活着，再贴上标签。

昨晚我将我们的事告诉了亚历克斯。说出来并不容易。他一言不发地听着，当我说完，他从壁炉前的长凳上站起，俯身拥抱了我一下。他这么做实在很不一般。他对我说："我想过你们三人之间的友情。我以为克洛德先生是为了安娜而来。我一直不太喜欢他，可能是出于嫉妒吧。"

如果我和你只是朋友，亚历克斯怎么想对我们来说一点也不重要。然而，如果我们的关系超越了朋友，我觉得你们俩一定会惺惺相惜。查理对这些事没有想法。

4月9日

我去了森林里那座铅灰色的池塘。我坐在长满青苔的树干上。青蛙等待着，准备一跃而起，我也是。青蛙也有它们的故事。

你期待收到我的信？如果我强迫自己写信给你，那会更糟。

我真的萎靡不振吗？三年来我常常生病，也许你母亲是对的？

当我发现自己身上有一点好，我分不清它是来自我本身还是来自你。

当我想对你说一些并不冷漠的话时，我尽量克制，因为担心不能长久。

4 月 15 日

我给安娜寄了一本关于女性私处的书。也许她会问你一些问题。她读的书比我少。我不知道从事艺术让她学到了些什么。我寄书给她的目的是希望她不要像我以往那样对身体的自然功能有所恐惧或害怕。

如果要在两者之间做出选择，必须对两者都有所了解。我无法在邪恶和美德之间选择，因为我恰巧只了解美德。

安娜给克洛德的信

5月6日

在你家的最后一天，你母亲对我说："如果克洛德娶缪丽尔，我有生之年都不要再见到他和缪丽尔，也不要见他们的孩子。"

她做得到，她看起来很痛苦。

今晚我想着你和缪丽尔。你们有一些共同点。无论是学习语言还是帮助别人，你们都是逐一解决自己选择的任务。你们很有勇气，当时丝毫不觉得辛苦，而最终总是被疲劳压垮。

你们俩拥有我所缺少的东西，我称之为拿破仑直觉。

克洛德的日记

5月15日

我到巴黎去接克莱尔。船驶向多佛，在星空下，我们坐在船头的甲板上。

克莱尔说："你还记得布达佩斯的那座小岛吗？"

小岛的景象浮现在我眼前。那年我十六岁，和克莱尔一起环游欧洲。一天夜里我们俩听着吉卜赛音乐，克莱尔略微指责了我，然而我觉得她的指责毫无道理，我忘了是为了什么事，很快演变成"D……I……A"那种争执。我们俩发现彼此意见相左，于是决定接下来的旅行各玩各的。我们各拿一张周游券，我把叠起来藏在皮带里的旅行盘缠拿出来，放在长凳上，都是拿破仑金币。我想把三分之二给克莱尔，毕竟一个男孩旅行所需的钱比较少，但克莱尔只肯拿一半。

第二天早晨，我们最后一次共进早餐。这时我们已经忘了前一晚的不愉快，又决定不分开旅行。

我回想起十五岁那年我做过的一场噩梦。

作为我童年时期梦想要娶的新娘，克莱尔走进了我的房间，半裸着，神情严肃，戴着老式的首饰。她做了一些女祭司的动作之后，平躺在我身上。她用一根不知道是什么东西做成的细棍插入了我的阴茎，撑开了狭窄的尿道，就像撑开手套上的手指部分。我感觉非常疼，冷汗从我的两肋流下。克莱尔消失了。

过了一会儿，她又出现了，穿戴着颜色更为鲜艳的祭祀用的饰品，再一次将细棍插入我的身体。这一回没那么用力，但往更深处推进。我极度痛苦，而且她刺穿了我体内的某个东西，因为我感到一阵撕裂般的痉挛和一阵喷射，我从梦中惊醒。

从这个梦开始，克莱尔对我而言已经不再具有肉体的意义了。我和她之间的联系已经切断。儿子对母亲的爱仍然完整无缺，但我的内心强烈地需要独立，我想寻找一个和克莱尔完全相反的女人，但是她的容貌应该和克莱尔肖似。

克莱尔告诉我："你父亲早就想到了你，我以前只想着你父亲一个人。分娩的时候我非常疼痛，以至于别人把你抱来给我看时，我连瞧都不愿意瞧一眼。你祖父非常生气，而你父亲只觉得好笑。我睡着了，他要其他人都出去，然后把你放在一个枕头上，摆在床头，让我们俩单独在房里，面对面一起入睡。当我睁开眼睛，我看见了你。四下无人，我将你抱进怀里，就像抱一块磁铁。我大喊一声，你父亲听见了，回到房间里。

"后来，他死了之后我们再一次独处。我照顾你，把你当成我的纪念碑，我一砖一瓦地把你打造起来。为了你，我学习了拉丁文和希腊文。你喜欢旅行和学习语言，我为你提供资金。我同样帮你以自己的方式成才。

"我不怕失去你，但我怕你毁了你自己。

"你将会在恰当的时候从事一项让你开心又能让你维持生计的工作，让你可以组建自己的家庭。

"假如你先成家，会十分危险。你曾经需要到科奈普修道院接受疗养，你也住过院。你还很虚弱。你将来可能是个思想家，别的都不适合。你不适合从事固定工作。缪丽尔的精神很坚强，但这三年来她花了一半的时间治疗眼睛，然后很快又把眼睛弄坏了。她将成为作家或医生。你们俩都充满了热情，别人催促你们两人结婚。不然你们也不会想这样。

"戴尔先生和他太太是布朗家的好朋友，也是我们的新朋友，我请他们帮助我们。

"我将自己对于这件事情的看法写给他们看。他们邀我去他们家小住，明天中午他们等你一起吃午餐。"

克莱尔克制了自己的语言，以往她说话更加严苛。我可以感觉出来她想让我和缪丽尔分开。她说的话确实有一部分道理。

午餐就少数几个人参加，戴尔家最小的女儿不在。卡洛琳对克莱尔显得很亲切，对她说："我父亲天生擅长仲裁，很有人情味。他会找到解决办法的。"

戴尔先生开口道："我们今天聚在一起讨论一桩可能的婚事。我听过了赞成和反对的意见。这事其实很简单，因为双方之间有着深厚的感情。两个年轻人并不是要立刻结婚，而是希望在他们有意愿的时候可以自由结合。女方的母亲的要求是尽快解决，两人要么结婚要么分开。男方的母亲则认为以两人目前的健康状况根本不可能谈婚论嫁。

"我、我妻子以及我女儿在反复思考之后提出以下建议：为了他们的母亲着想，缪丽尔和克洛德分开一年，在此期间两人应该好好疗养，互不见面，也互不通信。这是一种牺牲。但是一年之后，如果他们俩想要结婚，或者是继续做朋友，缪丽尔的母亲或克洛德的母亲都不能反对。明天我也会把这个建议告知布朗太太和缪丽尔。"

克莱尔的想法原本是寸步不让，大获全胜，不过一年的时间里可能有很多变数。

我觉得硬生生地把我和缪丽尔分开一点也没有人情味，何况我们眼下非常需要经常见面。

戴尔先生谈起了别的话题，戴尔太太和卡洛琳拥抱了克莱尔。克莱尔挽着我的手臂离开。

第二天，戴尔一家邀请缪丽尔和布朗太太共进午餐，给她们提出了同样的建议。布朗太太提议一年之后，无论结不结婚，都要有个明确结论。缪丽尔面红耳赤。

戴尔先生分析说这个要求并不合理。布朗太太还反对克莱尔一口咬定她女儿身体不健康。

卡洛琳说:"她受了打击,因此病了。"

布朗太太说:"我们每个人都这样。"

"我们好好考虑一下。"缪丽尔说。

缪丽尔给克洛德的信

5月18日

午餐之后我和母亲去了你住的地方,想碰巧见见你,结果你不在。他们让我们分开一年,一个新鲜主意。眼下我的脑子里乱成一团,无法思考。

我们就像是被人驱赶追逐的牲畜。

戴尔先生说你母亲的确很痛苦。对我们俩而言,没什么好急的,对她而言却是相反?

快来我家吧。

安娜刚刚到家。要分开一年的话,她也应该包括在内。

愿上帝保佑我们!

他们脑子里只有三个东西:爱情、友情、分离。这三种状态其实始终彼此混杂，难以分清。

克洛德的日记

5 月 22 日

我急忙赶去小岛，受到了热烈的欢迎。缪丽尔和我因为即将面临分开的危险而心心相连，我们的信念也感染了布朗太太和安娜。她们很小心地照顾我们俩的情绪。我们仨仍然无拘无束地在一起，一派悠闲自在。

那十二只小猪都长大了，完全认不出来。我学着如何耕种园子里的每一块地。

缪丽尔和安娜读了蓬帕杜夫人对路易十五说的那句名言："法国，你的咖啡淌出来了。"

于是她们俩对我说："法国，你好！"

我喜欢这个称呼，她们俩也喜欢，于是就这样叫了我一个小时。

"可是，"缪丽尔对安娜说，"他并不只是法国，他还给我们读过堂吉诃德和但丁，把希腊讲得生动有趣，他还让我们领会了叔本华、克努特·汉姆生、易卜生和托尔斯泰。他更像是我们英国人说的欧陆，一个不包括英国的欧洲大陆。"

第二天，她们对我说："你好，欧陆！"

"欧陆"不怎么好听，她们后来放弃了。然而每当我话太多的时候，缪丽尔就会对我说："优秀的欧陆推销员应该留意英伦岛的听众是不是听厌了他的喋喋不休。"

缪丽尔给克洛德的信

5 月 25 日

如果我们有勇气面对，这场分离可能根本算不了什么。想想，假如我们俩之中有一个离开人世，岂不是更可怕？

也许我们应该接受这个决定。安娜这么认为。

我只不过是你人生中的一小部分。

你的房间收拾好了，随时来住。

你坐的那班火车中午抵达，我会骑着小马在车站等你。

你只有你母亲一个人，而我不只有我母亲，还有安娜、我的兄弟，还有小岛。我没有更多好抱怨的。

分开一年从何时算起呢？何不马上开始，这样一来也可以尽早结束？何不从下周一开始？正好是你的二十三岁生日。

我们俩内心有过无数的挣扎，而现在的打击来自外界。

我们都要记日记，寄给对方看。

11   分离

缪丽尔的日记

1902 年 5 月 29 日

克洛德已经离开了几个小时。

我该做的是什么？就是成为一个更好的女人，变得更坚强、更温柔、更大度，等他一年之后回来。

5 月 30 日

醒来时无比忧愁。妈

克洛德的日记

1902 年 5 月 29 日

两个小时之前，我们还在一起。

我的喉咙发紧，像一月的时候那样。不过现在她对我已经有一点情意。我并不期盼她爱上我，其实只要有现在所拥有的一切我就很满足了。

在岛上共度的最后三

妈给了我一个深深的亲吻，是因为克洛德，后来我才想明白。我试着弹一支奏鸣曲，但我满脑子都是克洛德，只觉得疲惫。安娜邀我和她一起去花园，我拒绝了，独自坐在钢琴前。我放声痛哭，发泄心中的不快。真没想到这场别离会让我这么难过，我不想这样。唯一的办法就是去伦敦工作，于是我给孤儿院院长写了信。

我在教堂特意为了领圣体而留下，也为了克洛德。我不知道这么说是什么意思，但我是为了他留下的。我泪流不止。领到圣体时，我用濡湿的嘴唇念着："克洛德，克洛德。"神了解了我的心，

天多么愉快！有安娜和布朗太太相伴，身处花团锦簇之中。即将抵达小岛的时候，我在路上看见缪丽尔驾着小马车，小马梅尔奇尔快步飞奔，她则假装扬鞭。

安娜和缪丽尔像我想的那样坐在钢琴旁边弹边唱，然而她们的声音却不如往常那样自信。

我和缪丽尔最后一次在夜晚一起散步。我们俩又坐上了大栅栏。一股强大的力量令我忍不住想张开双臂环抱住她！而一个声音告诉我："别这样，时机还没到。千万别仓促，否则你再也不能离开了。"

在姹紫嫣红的花园里吃了最后一顿午餐。离别

让我恢复了平静。

我愿意抛弃一切跟他走吗?

他和别人完全不同,并不是说他比别人都要好。

如果一年后他还爱着我的话,我会告诉他要他让我感觉到他的爱。假如他像海盗那样强行把我掳走,我绝不会反抗。

6月2日

我不再哭泣。每一次日落里都有克洛德。我调整了自己的生活,没有了他,日子风平浪静。我会让他重新走进我的生活吗?

安娜反而变得很消沉。

6月7日

母亲允许我去伦敦

犹如一把利刃,事后才让人感到痛。

6月2日

我和卡洛琳·戴尔去了舞会,和她跳了舞。姐妹俩没有来。

6月4日

下议院会期开始了。如果要我比较下议院和我们法国的众议院,我觉得这相当于拿缪丽尔和我做比较。

过了半夜,我走在回家的路上,看见小巷里有两个可怜人躺在地上睡着了,一个身体蜷缩着,另一个四仰八叉躺在没有水的水沟里。

怎么办?

工作一个月。我和表妹又到了修道院。我以为会再次见到克洛德坐在祷告席上，感觉他的气息围绕着我。我很开心，话也多了起来。可我犯了偏头痛，这一切戛然而止。

我爱克洛德吗？我不觉得。

我需要他吗？不需要。

我想和他长相厮守吗？不。

有人在唱："上帝责罚他所爱之人。"我笑了，这说的就是克洛德啊！

我的上帝，请您让克洛德不要再如此爱我，因为我不明白这意味着什么。

6月11日

眼疾、头痛、沮丧：

6月8日

在瑞士，有一天她给了我一块结婚蛋糕，跟我说："吃吧，我们会梦见自己未来的心上人。"第二天早晨，她笑着对我说："我梦见的是你，不过这不算，因为我们交换过了蛋糕。"……倒也是。那是她唯一一次卖俏。

镜子迷宫、巴黎圣母院、湖上的暴风雨、火车车厢里的寒冷、岛上的大雾……我有信心。

6月9日，伦敦

梦里，缪丽尔躺在我身边睡着了，我们之间没有肌肤接触，但我已别无所求。

今晚她又来到梦中，

我配得上吗？

　　亚历克斯从戴尔先生家来看我，他赞成我们分开。

　　6月13日，伦敦

　　我走进孤儿院里的游戏室。监护妇不在，女孩子们叫我和她们一起玩球，我满心欢喜地和她们玩了起来。晚餐时轮到我领头祈祷，我说得结结巴巴，因为有点忘了词。

　　这些十二岁的小女孩非常惹人爱！我认识了弗洛莉、塞西尔、格拉蒂丝、爱米丽和罗丝，她们的名字在我的脑海里穿成了一圈花环。

　　我和她们一起散步了三个小时，完全没发现自

我鼓起勇气，想将手臂伸过去揽住她的腰，可是钉子钩住了我的袖子，我便醒了。

　　6月11日，伦敦

　　克莱尔病了。今天早晨，她稍微恢复了一点气力，就开始怪罪我。后来她哭了，说她没有理由这样受罪，她本该很幸福，却得了神经衰弱。克莱尔经常乱说别人得了神经衰弱——我带她去看了《哈姆雷特》，让她暂时忘却病痛。

　　6月12日

　　在她家的最后一天，布朗太太对我说："一年以后你们的问题就解

己就像是和克洛德在散步一样。

在地下大厨房里上的糕点制作课既有趣又实用。

我就住在霍恩比馆附近！我害怕在路上遇见克洛德，但是我的眼睛一直搜寻着他的身影。

6月15日，伦敦

躺在床上。克洛德，你不该随随便便和一个女人亲近，哪怕只是露水情缘。应该忍住自己的欲望，直到遇见了命中注定的那个男人或女人。随意拈花惹草只会削弱深情。对于这一点，如果你的想法始终不变的话（我的想法是不会变的），我就不允许你追求我。

决了！"

缪丽尔听了将信将疑地点点头。

我的爱像是一个跟我一同呼吸的孩子，有时睡着，有时饥饿。

我们以后是住在英国还是回法国生活？

缪丽尔一下子学会了法文，比我学英文更快更好，她学德语应该也是一样。她得小心保护眼睛啊！

6月20日，伦敦

我和克莱尔一起去看舞台剧《翠尔比》[1]，演出

———————————

1 *Trilby*，英国作家乔治·杜穆里埃1894年出版的一部畅销哥特小说，讲述了1850年代的巴黎，一位邪恶的催眠师兼音乐家斯文加利把波希米亚女孩翠尔比催眠训练成歌唱家的故事。

弗罗芒坦[1]笔下的多米尼克错了，他应该在婚礼之前就向马德莱娜表明他的爱。你从没对我表明过你的爱。我只了解表面的你，真正的你被表面的你紧紧控制，我又怎么能够知道自己是否爱你？

如果我对你有一点爱意，它就如同夜空中一颗几乎看不见的星星，也不会变亮。

今天教堂里那位年轻牧师的讲道十分动人。如果有一个像他那样相信祈祷的力量、相信基督的神性，又能让我和他一起为穷人服务的丈夫，那会是

很好。翠尔比就是你，缪丽尔，小比利就是我！把我们俩拆散的克莱尔一边看戏还一边感叹："可怜的翠尔比！可怜的小比利！"

……要是我们可以从心所欲地一起生活，任它如何……等我们确定心意之后再要孩子，该多好。

安娜也是个难得的好女孩。

6 月 28 日

一年十二个月，现在过了一个月。在大英博物馆的图书馆里，我好像透过移动托书架看见了缪丽尔的脸。我又要给一个招待穷人的餐会端盘子，但她这次不在。

---

1 Eugène Fromentin，1820—1876，法国画家、作家，《多米尼克》是其小说代表作。

多大的满足！我冷眼看着飘荡在身旁的克洛德，对他说："我不能爱你。"但是与此同时，我对他微笑、爱他，他是我最重要的朋友、我的兄弟。他还年轻，他会成长。我对他这个人有信心，并不是对他的理念有信心。

布道结束，我们唱起了圣歌。牧师从他的座位上往下看着我们。我套上了大衣，系起了围巾。围巾普普通通，但围在胸前却很舒服。牧师仍然低头看着我们，我继续唱着圣歌，顿时解开了围巾，露出了胸口和我漂亮的丝质罩衣。在那一瞬间我想到了克洛德。你可能会说："这是本能反应，挺好。"

7月2日，伦敦

缪丽尔的一个女性朋友告诉我，缪丽尔有段时间就住在附近的孤儿院里，我当时很有可能遇到她。如果真的遇到，我会怎么做？

我会跑上前去，握住她的手，和她说上几句话。那会是命运的馈赠。

（克洛德的日记本在这里有好几处被蓝色铅笔划去，旁边写着批语：重复。）

可是克洛德你说得不对，因为我心里清楚这样不好，不好，不好。我可以告诉你为什么，但我不想说。

明天我因为工作的关系必须要到霍恩比馆去一趟。事出偶然，我没法推脱。我必须摆脱用眼睛四处搜寻你的习惯。我希望你也有幸做一做类似的苦差事，像我在孤儿院照顾孩子那样的工作。

6 月 16 日，伦敦

我穿过你们的院子，有一大群年轻人，幸好你不在其中。

我不太可能和你继续保持普通的友谊。

你本可以强迫我爱你，但是你从来就没有试

过。现在已经太迟了。我
们两人分歧很大，这对我
们而言倒算是万幸。

6月20日，伦敦

到了他住着的城区，
我的眼睛仍然不断地找寻
着他。我想告诉他："你不
是我理想的丈夫。"

他从来就没有正式
向我求过爱，如果说有的
话，大概是在圣母院的钟
塔上。不过那算是求爱
吗？他只是刻意让我不得
不爱上他，如此而已。

晚安，克洛德！我不
爱你。

真的吗？我是这么希
望的。

我非常喜欢这些贫困
教区的牧师们的脸。

昨天其中一位牧师来探访我们，和孤儿院的每一个女孩都说了话。我到孩子们家里去做家访，见到了平凡生活里的英雄主义，也见识到了几近禽兽的人。

6 月 21 日，伦敦

我迷了路。克洛德，我的朋友，你今天做了什么，让我如此饱受折磨？我会爱上你吗？才不！

我到皇家艺术学院看展览。每见到一个苗条的黑衣女人，我都以为是克莱尔，每见到一个高大的年轻男子，我都以为是克洛德。他们俩有可能也在这里看展览，这令我无心赏画。我想大喊："克洛德你在哪儿？躲在哪里？"

我全神贯注地读完济贫法，感到精疲力竭。他们让我明天休假一天。这一整天我都会想着克洛德，因为我几乎爱上了他。

他们派我到另一所孤儿院去，我会在离他直线距离仅三百米的地方落脚。

6月24日

去监狱探访。我在克洛德住的那条街上流连，找寻实际上并不存在的小店，然后梦见了他，自从我们分开之后，这是第一次梦见他。我是否应该记下这个梦？毕竟他对我说过他会记下自己的梦。

梦里，我们的额头几乎贴在一起，两个人既忧伤又平静，母亲也在梦里，在某个角落。我手里拿着一个花的子房，圆溜溜，黑乎乎的。我将它切成两半，把籽挤出来，捧在手心里给克洛德看。他握着我的手，凑近端详着说："这些代表什么意思？"他想问的是我的掌纹代表什么，因为他盯着我的掌心看，而不是花籽，他还握着我的手不放。我意识到母亲在场，想起我们发誓分开一年，我们不应该在一起。我们的嘴唇相互靠近。我惊醒了，一切烟消云散。我从未像那样几乎吻上我兄弟的嘴唇，或者任何男人的嘴唇。这像是命中的劫数，令人不快。

我决定终身不嫁，留

在这里工作。

6 月 25 日

一个以卖报为生的老妇人拿出自己的积蓄赌一把，全换成五先令一枚的纪念徽章，想在国王加冕典礼时转卖出去赚钱。没想到国王病了，徽章也卖不出去了。她来修道院喝我们免费提供的汤。她对我说："我爱上帝，他每次都帮助我摆脱困境。就算我没有吃的，一想到上帝，也会感到喜乐。"

我在可以望见巴利奥尔楼的房间里喝茶，距离克洛德的房间只有三十米远，克洛德某天带我去看过。

我目睹了一个因为

赌博输钱而发生的家庭悲剧。想不到赌马的问题竟然触及贫困的家庭。我希望英国禁止博彩业。

6 月 26 日

我梦见在路上遇见了克洛德。这个梦很短，惊心动魄，缺少细节。

6 月 29 日，小岛

他已经离开一个月。在这里我感觉更糟糕。"我爱他吗？"这个永恒的问题又冒了出来，我气哭了。一个严肃的声音教训我说："他既不是你的同类也不是你的理想型，看看其他男人吧！"

可是他挥之不去的存在一定有某种意义！我的

哭泣也不是假想出来的!

我从不向安娜和母亲提起他。

我的工作要求单身。为何不全身心投入工作,并且跟克洛德说清楚我打算单身?

雨停了,我走到大门口,说:"克洛德,你帮助我成长为今天的我,可是要我马上将自己永远奉献给你一个人,我做不到。不过,如果你下定决心回到这里,用你的爱将我包围,那么你还有机会。"

7月3日,小岛

我担心安娜,她总是心不在焉的样子。她整个人无精打采,还扭伤了手腕,我问她:"妈妈为我担

心吗？""是的，她猜想
你是否已经放弃克洛德。"

7月4日，小岛

我整整三个小时不停
地收割牧草！我一边有节
奏地挥舞干草叉，一边唱
着："克洛德，我的心扑
通跳，无法呼吸……来帮
我收割牧草吧！"

歌词脱口而出，有时
口不对心，比如："我多
么爱你！快带我走吧！"

7月5日，小岛

晚餐的时候，我吃不
下了，母亲还强迫我吃，
我顺从了她的意思。真
可耻！

昨天晚上我大发脾气，
今天早上又闹了一次。这

是圣诞节以来第一次情绪崩溃。上帝保佑我成为克洛德的妻子吧！

7月15日，伦敦

又到了伦敦。克洛德终于回巴黎去了。我感觉精神上自由了一些。

我做了个梦，醒来时只记得这场梦与神托给我的前几个梦大不相同。

我在自己的房间里静静地穿衣，安娜也在。克洛德面目模糊，坐在我身后的床上，他用舐湿的手指触碰我裸露的腰身，指尖仿佛蘸过蜂蜜一样黏糊糊的。这样做既粗俗不堪又道德败坏。我对他说："住手！"但是他仍然不停手。"我不允许你这样做！"我对他大喊，愤怒地瞪着他，他消失了。

这个梦没有奇迹，很堕落。

克洛德离开了，我松了一口气。我们的想法很不一样。十个月之后我的想法会坚定下来吗？他也许会发现我并没有那么重要。

7月 20日，伦敦

今晚我第一次担任孤儿院的负责保姆，我也是这里唯一的成年人。

这份给克洛德的日记我不要再写下去了，太单调。如果我写日记，就为了我自己而写。我永远都不结婚。

（缪丽尔写给克洛德的日记完结，缪丽尔写给自己的日记开始。）

7月26日，伦敦

我在读马蒂诺撰写的一份研究报告，内容是关于真实情感以及造作情感。

我在给自己演戏吗？

我想和克洛德结婚，从来都不是为了我自己，而是为了他。

如果他爱上别的女人，那么一切都可以恢复正常。

我和孤儿院的孩子之间有点问题。罗西[1]在望

1　从上下文判断，此处的罗西（Rosy）应该就是前文6月13日的日记中提到的罗丝（Rose）。

7月28日，巴黎

做了场梦：我盯着一扇拉着窗帘的窗。窗打开了，我看见安娜对我微微一笑，却不见缪丽尔。安娜呼唤她，我看见安娜的嘴唇在动，但没有听到她的声音。缪丽尔出现了，好像迟到的人跑了过来，拍着手。就这样。

8月1日，巴黎

让自己的情感依附于另一个人，算不算是一个弱点？

8月15日，蒂罗尔

克莱尔和我在因斯布鲁克附近的山上住下。如果我和缪丽尔结婚，这将是我和克莱尔共度的最后

弥撒时故意迟到，我不得不让其他孩子先自行去教堂，然后我带着迟到的罗西到教堂与她们会合。罗西还拒绝开口唱歌，我非常生气。领圣体让我恢复了平静。

8月2日，伦敦

三年前的8月1日，我认识了克洛德和他的母亲。这些日子，他慢慢地从我心中淡出。我不再那么渴望再见到他，但是我会朝着他帮我找到的方向努力工作。

展望未来，我看到一个终点：最终我将被迫表示同意。而这一点现在离我越来越远了。

我在厨房里，和这帮一个夏季，因此我努力让克莱尔开心。

旅馆老板的两个儿子都在读大学。他们教我用长剑决斗，用剑刺我左肩，那是我全身上下唯一没被填充外套或头盔保护的地方。我教他们打拳击，戴着他们的母亲做的拳击手套，让他们吃了几记勾拳。

他们在黎明或日落的时候带我去捕猎黄鹿。他们在山上有个打猎歇脚的地方，在那里可以躺在倾斜的木板上和衣而睡。没有水，我们就用啤酒洗手。亚历克斯要是知道一定会觉得有意思。

他们有两个姐姐，一个今年十八岁，是个漂亮与众不同的孩子们一起切肋排。为什么不像切断这块肉一样干净利落地切断我对克洛德的感情呢?

赞美上帝,让这些女孩子陪伴我! 她们吵吵闹闹,简直可以写成一本书!

8 月 17 日,小岛

我回到岛上一个星期。终于能摆脱关于克洛德的一切,他已经不在岛上了。我想和安娜谈起克洛德时,她总是避开话题。她是不是担心这样会影响我呢? 她不再爱我了吗? 千万不要!

8 月 22 日,小岛

并非我以为的那样万事大吉。回到岛上,克洛

女孩,黑眼圈却很严重。她订过婚,又分手了,大家都替她担心。

某天晚上我和一位工程师去了因斯布鲁克。他带我进了一家很大的啤酒馆,里面有一些胖女人巧妙地转换真假音唱歌。离开时,我对星星致意。

回旅馆的路上步行了两个小时,我独自一人走在一条笔直却又布满了坑的上坡小道,还需要穿过一片茂密幽暗的矮树林。正要走进树林时,我好像看见一个有点瘆人的灵活的黑影在我前面走了进去,我停下脚步想了一会儿,硬着头皮走了进去。枝叶茂密,月光无法穿透。我的手始终按在手枪

德仍萦绕在我脑海里，是的，没错，只不过没那么烦心了。我种下了勿忘我花。我想："这是为了克洛德种的，来年五月就会开花。"

不过，我还是挺高兴能够有一年的时间缓一缓。

8月27日

梦里，他走了进来。我本想像姐姐一样握住他的手，但是我没有，怕他误会。我本想亲吻他一下，就像亲吻弟弟一样，但是我也没有，出于同样的顾虑。我躺在床上辗转难眠，母亲从她的卧房里对我大声说："怎么了？"一下子把我惊醒。我回答："到明天，一年就过去了四分之一。"我想趁机跟她谈

上。是因为我刚试着抽过的蒂罗尔大烟管吗？汗水从我的脸上淌下。我害怕再遇上刚才的那个黑影，也许是个从小道下山的人。还好，什么都没发生，我的恐惧也消失了。我的姐妹们，你们应该不曾体验过这种恐惧。

8月25日

我在日出之前被带去我的放哨点，另外三个男孩爬到山上更高的地方，分别从不同的高度监视猎物的动静。即将天亮时仍然不见黄鹿的踪影。太阳即将升起，如同处子般明亮。我等待着，和每一片风景一同等待着。云朵慢慢地舒卷，樱桃般的鲜红

起克洛德，可是她没有接话。

8月30日，小岛

克洛德的消息悄悄传回了这里，没有惹我难过，无悲无喜。

如果说我有什么反应，应该只是微笑而已。

戴尔一家告诉我，他现在正与克莱尔一起在奥地利。

我在读《复活》。

克洛德，你已经把我忘了吗？我希望如此。

9月7日，小岛

有种强烈的冲动想看看克洛德的相片或者他写的东西。不妙，忍住！

我去打网球，网球是色喷薄而出。

我很兴奋，紧绷到极点。

地平线上那一轮圆盘的边缘露出一点点，绽放出第一道金光，就像你的金发。

不知按照什么规则，我放下了猎枪，全心投入眼前这幅绝美的画面中，缪丽尔，你也是这幅画面的一部分。我猜你不能理解我所说的这句话。

（两年后克洛德读到缪丽尔的日记，才知道有一天相同的天人合一感也降临在了缪丽尔身上，她当时仰躺在高高的麦穗之间，遥望着蔚蓝的天空。）

克洛德喜欢的运动。打完第二盘，我感到眼睛不舒服，不得不回家，在床上躺下。我想多运动，保持快乐且精力充沛！我是不是该恢复午睡，减少做园艺？

我的心情又变得糟糕。我应该即刻说出"不"，永远拒绝。

今天早上，安娜和母亲分别委婉地批评我说："你真的不太讨人喜欢！"

当我生气时我觉得自己很丑。

我钻进母亲的被子，握着她的手，含着泪睡着了。

克洛德徘徊在我的思绪和心里。我会永远爱他，不爱别的任何人，即使他

在百步之遥的林中空地里出现了一只雌鹿，然后我从猎枪的望远镜里看着它。这只鹿似乎在寻找什么东西。

我的短枪装的是圆弹，这么远的距离无法精准地射中。

我的同伴们绕了一大圈，把猎物赶到我的射程之内，他们叫我瞄准任何足够大的目标开火。

我瞄准了雌鹿，扣下扳机。雌鹿轻轻一跃，接着又跳了一下，毫发无损地跳进矮树林里。我感到瞬时的失望，马上又和它一起高兴了起来。

9 月 1 日

我终于开始大量阅

再也不来见我。

表兄比利来家里住几天。他五十五岁，我小时候非常喜欢他，他总让我骑在他肩头。他有个美誉，人们都说他是个忠实幸福的丈夫。

9 月 26 日，小岛

亚历克斯偶然得知我正在学德语，他责怪我不小心保护自己的眼睛。

小岛被水声环绕，我整个下午独自待在岛上，心怀喜悦。我不再说："母亲恨我。"我说："母亲爱我。"我放松了。我之前又过度劳累。

10 月 4 日，小岛

我开始在家里过上

读尼采和他的评论者儒勒·德·戈蒂耶的作品，别的什么都不做。

他说出了我搜肠刮肚想要表达的东西，我想读给我的姐妹们听。我摘录如下：

> 除了我们所赋予它的关注，世界不过是一种无关紧要的物质。

> 行善的人啊，你们还想得到回报啊！没有报酬，也没有人记账。

> 人是桥梁，不是目的。上帝已死。

> 生命就是想要不断超越自我。

> 最大的恶对于超

了有规律的新生活。这样并不足以熄灭克洛德在我心中点燃的火花，我再也无法接受他不再爱我的想法，然而我喜欢在岛上过着没有他的生活。

我掉头发了！母亲说："没事，没掉多少！头发还会再长的！"然后她便开始谈论别的。

我自己很在意掉头发，因为想到克洛德，我希望在再见到他的时候尽可能展现出完美无缺的样子，能再和他一起玩板球，没有感冒，身体健康。等到五月底或者六月初的时候他就会回来了。

10 月 5 日，小岛
我原本想独自去看眼

人的最大的善来说是必要的。

我的姐妹，你们可以想到，这些话语给了我多么大的震撼。我全神贯注于思考和阅读，我又犯了偏头痛，可这只是微不足道的代价。

还有以下这些：

某一道德就是对某一特定生理学的特殊功利性态度。

物质即使存在，其本身也是难以被自身所认识的。

我们无从得知物质是否存在。

这些思想占据了我的

科医生，但母亲坚持要陪我去。于是我态度极差，大发脾气，一如既往地吵翻了。

我要克洛德完全属于我一个人，否则就不要。

如果不要，死了也罢。

10 月 8 日，小岛

梦里我爱着克洛德，无法入睡。他出现在我窗前，我赶紧跑到大门口，紧紧拥抱他。我领他到客厅里睡下，让他躺在沙发上，用毯子包裹起来。早晨醒来我第一个念头就是跑到客厅里去找他，这个梦简直太真实了。

我按捺不住想将这场梦告诉安娜和母亲，但是不行，不能这么做：万一

全部心思，我会按照以下警句来度过我的人生。

> 向往幸福不如追求高尚。
> 对自身的残酷是极大的美德。

这些对我们而言都是至理名言！

现在查拉图斯特拉是我的生活良伴，我会向你们介绍。这本书使我成了一个修士。

假如我真的成了修士，那么我会立刻将这份日记寄给缪丽尔。

她会因此感到轻松快乐，我们三个人又可以恢复以往那样相处。这一阵子我不会回到伦敦，我要

他不再爱我了呢？

10 月 12 日，小岛

一场不解的梦。我梦见母亲、安娜、克洛德和我一起在森林里走着，两两成行，时而交换同伴。不能让安娜和母亲知道我爱克洛德，但是克洛德的表现像是故意要让她们知道。

如果克洛德知道我现在的心情，会像圣杯骑士罗恩格林一样赶来找我，我和他脸贴着脸安心睡去。我会对别的男人这样做吗？绝对不可能，我想到就发笑。

我心里十分平静。我感谢上帝让我拥有我母亲和幸福的小岛。半年就快过去了，克洛德对于女人

去德国。一月的时候我曾经想立刻和缪丽尔生个孩子，现在我再想起来心情平静。这就表示我已经痊愈了。我不想任何其他女人。回到巴黎时，我第一个要见安娜。

10 月 3 日，巴黎

今晚我回想了我们之间发生的每一个细节。有一天，我会把我们之间的故事写成书。缪丽尔说过，记录我们经历的困难会对他人有所助益。（原注：五十三年后这本书终于写成了。）

10 月 13 日，巴黎

如果我要结婚，应该会很晚，我会找一个坚强、

的想法会更加成熟。我祈祷他保持纯贞。

我希望拥有双重人生：其一是和克洛德结婚，去远方生活；其二是和母亲一起在这里。

戴尔先生的儿子写信给亚历克斯说他在巴黎见到了克洛德和克莱尔，母子俩一切安好。

有点斜眼的小弗莱迪背不出寓言故事，因为"爸爸的牛星期六晚上跑了，跳过了四道栅栏"。

我要求他星期六之前背熟寓言故事，还嘱咐他每一次他爸爸的牛创了什么新纪录，千万要告诉我。他听了大笑。

简单、善良、安静得几乎像哑巴一样的女人结婚。

10 月 29 日，巴黎

我和克莱尔去了红色音乐厅，在那里看见了安娜。我草草写了几句话托人交给她。

我告诉克莱尔："我决定终身不结婚。为了我将来想做的事，我应该保持单身。我要写信告诉缪丽尔。我和她会回到之前的姐弟般的关系，就能如我们所愿地相处。我马上去德国。"

克莱尔起初不赞同，说："你说好了要等一年。"我说："你只花了六个月就得到了你想要的结果。"——最终她让步了，

10 月 27 日，小岛

晴天霹雳。克洛德写来一封信，内容像是一份电报。他写道：

一、他最要好的朋友过世了。我知道那个人，因为很熟悉他写的诗。

二、他在红色音乐会遇见了安娜。

三、在他母亲的首肯之下，他会把日记先寄给安娜看，安娜再转寄给我。

像是又做了一场梦。

10 月 28 日，小岛

克洛德写来第二封信，和上一封一样简短。他说一年已过，而他的日记将告诉我一切。

克洛德不爱我了！上帝，请让我坚强一些！他说："结束就彻底结束。别再让我看到她们的信，也别再向我提起她们。"

我准备马上见安娜。

我写信给缪丽尔："我会把自己的日记交给安娜，然后让安娜转寄给你。"

10 月 31 日

缪丽尔回信说："别去打扰安娜。"

我写信告诉她："安娜已经收到了我的日记。

"我要去读书，不结婚，不要孩子。这样应该会让你松一口气吧。

"如果你和安娜希望过平静的生活，那么就应该跟我道别。

"假如你希望我们三

本来要等待一年，但他发现自己不再爱我了，因此有义务向我告知。——我开始承认自己对他的爱，而他竟然不爱我了。我心里不断默念。

我之前同情他失去挚友的痛苦，还想去安慰他，傻傻地以为他需要我。

我现在只有祈祷了。

我要告诉母亲我和他已经结束了，这样也好。

为什么不感谢上帝？我曾求他让克洛德不再爱我，他达成了我的愿望，仅此而已。

他的信如此生硬无情，我为自己感到害怕。我很懦弱。你滚吧，他不要你了。你担心在他身边的生活？你惧怕走进婚

个人能继续一起，我随时恭候。"

（克洛德的日记完结。）

姻？现在正如你所愿。

　　好吧，克洛德，这就是道别了吗？一个细微的声音在巴黎时就开始对我说，经过重重阻碍，它一直在说："有一天你们俩终将相爱。"这难道不是真的？

　　那么，我在你对我满怀情意的时候拒绝了你，是对的吗？我那时候以为我接受的话会害了你。

　　我的上帝啊，请让我的心情平复，让我能毫不自私地爱他，理解他，依照他的愿望去做。

　　我的爱似乎虚无缥缈，唯一实在的基础就是克洛德对我的美好的爱，温柔、神圣、迷人，虽然他深深埋藏在心底，但我能偶尔窥见。可这一切已经结束。

克洛德不再爱我，对我而言没什么，对克洛德而言则是一件大好事。

可是他千万别要求我继续当他的姐姐。

我对母亲的态度又变得十分糟糕。

缪丽尔写给自己的日记（续）

11月1日，小岛

歌德说："愿你的爱如大海般深远，如夜晚般平静。"

假如克洛德当时问我："爱还是不爱？"我会回答"爱"吗？我迟疑不决，因此落得这般田地。

我不必做决定了，他已经做好了决定。

我的嘴上说："感谢上帝！为了克洛德，也为了我自己！"可我心里并不这么想。

安娜还蒙在鼓里，她写信跟我说："克洛德了不起，那么坚强又那么伟大。"

11月2日，小岛

今天早晨我在村里上课，讲克洛德去世的好友。我翻译了他写的两首十四行诗，朗诵给学生们听。这些男孩全都听得入迷。哪天和这些孩子分别，我一定会想念他们。就算是在一个很好的村子里也还有很多事情值得去做。

11月4日，小岛

没收到克洛德的只字片语，安娜倒是寄来了一封真正的信。她看了克洛德的日记，要将日记转寄给我。克洛德不再想结婚了。

我的上帝啊，请给我勇气吧！

安娜会不会有一天也迷恋上克洛德？她现在已经是个女人了。

我不能让她看出我已爱上克洛德。

眼下我自由了，可以孑然一身走我的路。

感谢上帝赐予我这么宁静的家园和一位需要我的母亲。

克洛德斩断情丝时一定痛苦过。

是不是男人都常常费尽力气让女人倾心于自己，却在女人即将投降时对她说"不，谢谢"？

做他的姐姐？我做不到。但是一辈子都见不到他，我更做不到。

缪丽尔写给克洛德但未曾寄出的信

11月6日，小岛

你的答案是不爱，而我的答案是爱。

就好像玩抢椅子的游戏，我们交换了位置。

你不再想要我爱你了吗？

如果你来找我，你会明白我有多么爱你，安娜和母亲也会，她们还会试着影响你。

如果我见到你，我的爱会唤醒你的爱。

你不要来。

11 月 11 日，小岛

克洛德的日记收到了，刚刚读完，现在已是凌晨三点。

克洛德没有做错任何事。他需要爱，他仍然是我的好弟弟。

永远不会有孩子依偎在我胸口，永远不会有丈夫。上帝为我准备了另一个重任。

起初我想："和克洛德重新见面？再也不见！"

可既然他在我心里，见不见他又有什么区别？

我为他担心。我信赖他。

我在信中告诉他："我是你的姐姐。"

11 月 14 日，小岛

克洛德曾为爱激动不已，而我将他推开。

他曾说要一起旅行，就我们俩，到世界各地去游历，还谈起将来的孩子，甚至家具。

我那时没准备好。

我可能需要一个和我一样慢热的男人。可是我会爱上那样的男人吗？

现在我准备好了。

因为等我的回应等得太久，他选择了苦行禁欲。

他说："满意了吧？我的爱已死。你看，它不动了。"

而我的"爱"字还哽在喉咙里。

我走在街头人流之中，忍着不让泪水流下，我说："噢！是啊，这样很好……"

安娜没写信给我……理所当然啊，蠢货！你自己让她以为这样的结局正如你所愿。她相信了你的话，所以没什么好安慰你的……

只有我自己知道我心里这份荒谬的爱，而这份爱在我心底已经根深蒂固。

愿这痛苦能磨砺我。

我等到天黑再哭。天黑了我却哭不出来，浑身颤抖。

生活如此累人。我开设的儿童俱乐部运作良好，我的心却不在上面。

克洛德能坚持一个人奋斗，不需要爱吗？

他曾经慷慨地把全部时间倾注在我身上！

（缪丽尔写给自己的日记完结。）

12 缪丽尔一九〇三年的日记

（*1902 年 11 月 21 日至 1903 年 5 月底于小岛*）

我写这本新的日记，希望它在我身后能派上用场。克洛德也许会对日记有所删节，但一定会保持其真实性。我知道日后会有人读这本日记，因此不会随意编造。

安娜，我请求你不要翻阅这本日记，把它转交给克洛德，还有我从和他相识之后写的所有信件和文字，也一并交给他。他可以随意使用所有这一切，因为我希望我这辈子能为他所用。

克洛德会想知道在他说不爱了之后我过得到底怎么样。

我的自尊反对我承认自己对他的爱，不过我一直想找机会表现我的英勇气概。现在机会来了！

翻出我近六个月的日记然后一边重读一边痛哭？
不是。

出于充分的理由，克洛德让我回归了我自己。我收
下他给我的这份礼物，再传递给贫穷的人。至于他的友
情，再说吧。当务之急是让我不再对他有所依恋。

我从本该给母亲帮忙的时间中偷出半小时写下这
些。啊！我真想独自一人。

1902 年 11 月 22 日

收到了克洛德的一封信，内容概括如下：

一、"你的慈善仍然浮于表面"。

二、"我有一些女性朋友"。

我悲叹，我祈祷。

十五天前我收到了他的日记。

我的喉头再一次发紧，"女性朋友"这个词在我耳
中回响。

我不理解他的道德观。

今晚，我跪在白色大门边，抚摸着他曾经握过的
门把。

我现在比孤独还悲惨。我的心事瞒着母亲，和她在
一起我很凄凉。

停止对克洛德的爱？我做不到，然而我把它埋进心底。

"你的慈善仍然浮于表面。"

难道每天为他人受苦不比进行理论改革更艰难？或者应该两者并进？

克洛德，我想见你，只是想见你。假如见到你之后我想要更多，那也是我活该。我仅仅在理智上接受了你的决定。至于你的女性朋友……

我想和以前一样追随你的思想，就算你的思想有时会对我造成冲击。

你曾对我说："我爱你。"

我回答你："等一等。"

我正准备说："我是你的。"

你说："你走开。"

11 月 24 日

对你隐瞒我的爱，是在撒谎吗？

假如你知道我为维持"友情"付出了多大代价，你就不会接受我的友情了。

假如你知道了，我就无法在你身边保持平静。

安娜快回来了。我想靠在她肩头哭泣。不能这么做。

11 月 30 日

我用全新的视角重读了你的那些信。你曾经那么爱我！我向你敞开心扉。我们马上结婚吧！除此之外，一切都是假的！

我要奔向你，抱紧你，撼动你，说服你。我的爱会带给你支持。你全然不知！

孩子？我可以和母亲一起在这里抚养他们，或者在巴黎，随你的想法。

我需要你。这股冲动如同海潮汹涌。你在哪里？和女人在一起吗？

你在信中流露出的冷酷在我看来证明了你对我的爱。你想努力斩断我们之间的联系，所以你的爱还未死。

12 月 7 日

又收到了克洛德的信。他写道："如果我们一起慢慢地看待我说'不爱'的答案，就不会有撕裂的痛苦。"

假如我们都自由，并保持联系，的确就不会有痛苦。可我们是被拆散的，所以会有痛苦。

我等待一年（我做得到吗？），克洛德就会来找我吗？

假如我比他小两岁而不是大两岁，我能更加安心地等待。

我的身体状况吓倒他了吗?

三月时他写信告诉我:"如果有一天你爱上了我而我不得不放弃你的话,我需要付出极大代价,那会令我失去勇气面对其他一切。"

他宝贵的工作!

他怎么有时间去见女人呢? 他想要从她们那里找到什么吗? 他太好奇了。

我可以是他的妻子、姐姐、朋友,任何他需要的。

12 月 7 日,星期日

又是他的来信。他写道:"你在我心中无上荣耀!"你在我心中也是。他还写道:"爱着某人的人或多或少地也被对方爱着。"这么说你有点爱我!

想你的时候,我会微笑,尽管你不再爱我。如果上帝允许的话,我会永远爱你。

到了圣诞节,我会把你埋在我心底,表面波澜不惊。

父母应该在孩子二十岁时把他们赶出家门,不要求他们陪在自己身边。

12 月 16 日

圣诞节时我会提着一个大篮子在伦敦的某条街上卖花，之后我会去一家工厂做清洁工，目的是了解这些工作具体做什么。

12 月 17 日

又收到克洛德的来信！这是他离开以来第一封真正的书信，内容一点也不冷酷。我读了一遍又一遍，此前生怕他再也不会这样给我写信了。我暂时不觉得肝肠寸断了。他在信里称呼我"我的姐姐"……

真凄凉！

12 月 18 日

我梦见了克洛德。梦中的我表现得像个姐姐，不流露出爱意。我们拿着显微镜观察花草。我们看的是一根纵切的草和它的种子。克洛德离我如此之近，以至于我无法将心思集中在草上。他用手按着我的头靠近显微镜的目镜，手臂压在我的脖颈上，我几乎要窒息了。我抓住他的手腕，跳了起来，醒了。

这是第二个跟植物有关的梦，同样以混乱结束。

我又去翻阅《圣经》，寻找建议。

我等待着，我不相信他说的"不爱"。

12 月 21 日，星期日

安娜到了。听她对我谈起克洛德时我该如何自处？上帝保佑她千万别猜出我的心事！

1902 年，圣诞节

总有一些可怜的女孩偷偷爱着自己高攀不上的男人，这是被宽容的。也许这是我的命运——这种爱纯粹而恒久，对那个被爱的男人而言，是一种力量与财富，即使他并未意识到。我的爱不纯粹，因为它要求回应，也不恒久。

我的骄傲使我不能接受失去克洛德这件事，然而木已成舟。

我和安娜聊了聊。克洛德去德国旅行了，因此安娜没能与他时常见面，明年春天才能再见到他。她柔和地告诫我说我有时候太过急于给别人提建议。她举了两个小例子，却绝口不提最重要的那一桩：我当初首先反对克洛德让安娜看他的日记，反对克洛德先给她看。

我无言以对。

如果有一天你们两人相爱，那么最好什么都不要让你们知道。为了你们俩，我没有急切地拉住安娜将实情一股脑儿地全告诉她。

1902 年，新年前夜

一年前，爱这个字尚未说出口，那时多么轻松啊！

克洛德写信给我，建议我改变生活方式。我认真回信给他，要他别管我，然后我将写好的信撕掉了。他竟然给我提建议，就他！

1903 年，元旦

家庭聚会，在场一共六个男性，而我只等着克洛德一个人。

今天早晨一片白霜，阳光灿烂，我独自和亚历克斯沿着沼泽打猎。我感觉克洛德也在。

我的爱从来就不像克洛德的爱那样热烈，然而一爱上就坚贞不渝。他的爱是一团愉悦的火，我的爱是一座壁炉，自己不知不觉地添柴燃烧。他的爱融化一切，我的爱细水长流。

1 月 5 日

去年的 1 月 4 日，克洛德第一次到了岛上。那天是星期六。尽管见识过了巴黎，那时的我还是个孩子。他并没触碰我，却让我成长为女人。

安娜替他开了门，领他走进客厅。他在预定的时间到达，我却没有抬眼望向他，一直铲着我的花，我想继续手上的活儿，为什么不继续？他的想法和我的想法一样，只要想铲花就继续。他稍后会过来和我握手，仿佛我们昨天刚见过。他知道我为何慢慢地最终停下不给他写信，因为他也一样，是应了他母亲的要求。

我勉强保持不动声色，继续劳作。我戴着红色羊毛无边软帽，穿着男式鞋，在屋子旁铲花。还剩下客厅大窗前的那一排花要打理。克洛德应该和安娜还有母亲在客厅里。我停止哼歌，不再跟着手上铲子的节奏。他会呼唤我吗？或者拍拍窗户引起我的注意？我的心怦怦跳。黄昏降临，客厅的灯亮了。我的铲子碰上了屋子外墙的一块砖，发出声响。我感觉好像触碰到了克洛德，一阵开心。我走开去放好工具，又洗了手。

我走进客厅，克洛德起身。我望着他的眼睛，表现得很意外。我们握手，我对他说了几句寒暄的话，感觉到自己的脸一下子红了。我的脸红带来了宿命般的后果，安娜注意到了，母亲也注意到了，并且在后来分析起了我为什么脸红，唉！

当然我那时并没爱上他。我甚至因为书信往来中断而有些怨怼，迟迟不肯接受他。

晚上我躺在沙发上，让克洛德和安娜两人高声朗读一些关于教育的理论。

我粗声粗气地告诉克洛德："我希望你会让你的孩子在乡下长大，跟在城市里教育出来的孩子会大不一样。"

克洛德转过身回答："会的。"声调听起来像是喉咙被扼住了一样。我心里觉得奇怪，后来知道了，原来那时他已经想要我成为他未来孩子的母亲。

1 月 14 日

当他知道他母亲介入我们之间的具体细节，脸气得变形。离开的时候他低声问我："那我可以写信给你吗？""当然。""可以写我想写的任何东西吗？""可以。""我可以再来吗？""当然。"他紧皱的额头便慢慢舒展开来。

以下是我们离别之前最后一天发生的事。

戴尔一家的提议在一个星期之后定了下来。我们俩要分开一年，一年之后，如果我们想结婚就可以自由结婚。

我带着表妹朱莉坐上小马拉的轻便双轮马车，她问我："安娜和克洛德先生是不是很快要订婚了？"我非常吃惊，回答说："这不可能。我们是他的好朋友。他明天会来这里休假。"

克洛德到了。我叫他一起剥豆子，他喜欢干这个活。

克洛德对我说："假如我们没有机会好好说再见，就把那天晚上我们坐在篱笆上的那一刻当作道别。""好。"我回答。

时光飞逝，离别的日子到来了。

他要坐的是下午一点的火车。他让我和安娜唱歌给他听，可是我一点都不想唱。我在钢琴前坐下，弹了几个和弦，冷冷地说："这首？"

"好。"他回答。

我担心自己情绪爆发无法唱完，但是唱完了。"谢谢。"克洛德低声说。

我放开嗓子又唱了一遍。

母亲走进来，瘦了很多，在克洛德身旁坐下。克洛德为了听得清楚，将身子往后挪。轮到安娜唱的时候，她声音柔弱尖细，克洛德走过来站在我们身后听。

到了时间，克洛德单独先吃午餐，我们母女三人看着克洛德在开花的苹果树下用餐。菜全是自家农场种的，他先是腼腆地小口吃着，后来胃口大开。

"你们对我太好了，这么多怎么吃得完。"话虽这么说，但他全吃光了。

安娜看看手表，是出发的时候了。我送给克洛德一朵黄毛茛，安娜送给他一片薄荷叶。克洛德骑上自行车，我高兴地对他说："我来开门。"他便骑车走了。

"我们去打网球吗？"我问。安娜和母亲互望了一眼，不回答。

我想："结果会不会很糟糕，还是一点都没影响？我一年后写信给他说什么呢？"

母亲对我说："你爱上他了。"

我讨厌由别人来告诉我，如果真是这样，我自己会发现。这种事绝不该拿出来说。

1903 年 1 月 19 日

风，雪，母亲偏头痛，我患了重感冒，不得不停下一切计划卧床休息。我为克洛德发着烧。我幻想着不可能发生的不期而遇，比如在路上卖花或是在工厂扫地的时候遇见他。

我打开我的秘密盒子，端详着克洛德的小照。克洛德的容颜在我脑海里记得清清楚楚，这张照片也就没有了用处。

　　我对什么事都提不起兴趣。我需要一份艰苦、严苛、可以养活自己的工作。安娜同意我的想法。

　　我以为我在这世上的任务就是和母亲一起生活，帮她打理庄园、处理家务。克洛德告诉我不是这样的。他说得对！这里没有人真正需要我，而我在这里日日煎熬。连安娜都不能帮我什么，毕竟我对她隐瞒了最重要的事情。安娜一如既往轻轻地咬一咬我的脸颊，而不是重重地热情地亲我。她眼里闪烁着不变的温情。我希望她用满满的爱包围我。我的上帝！我几乎把你忘了。请指引我。

　　1903 年 1 月 25 日，伦敦

　　我怀着爱心在伦敦工作，为了忘却自己心中的爱情。我迫不及待想要去见你，抱住你，告诉你："什么都别说。"

　　去年的今天，我到伦敦和你共度人类值得纪念的一天：在车站找不到你。多么美好。

　　你要我读易卜生的《爱的喜剧》，我读了，苦涩又不真实。

2 月 28 日，伦敦

我的工作很顺利。为了内心的平静，我刻意忽略这本日记。我心中并不绝望。我可以六年都过这样的日子。每晚只要看得到我们的星星，我都会向它致意。

3 月 7 日，伦敦

我读着福音书，可是我今天早晨实在太爱你，温柔地爱你，不像昨晚那样，哭着爱你。从煤气喷嘴冒出的火焰中，我看到了你的容颜。与其说我敬重你的容颜，不如说我爱你的容颜。到现在为止，我已经有三百天没有见到你的脸了，我们最后相处的几天有点不真实，你不觉得吗？

我已经二十五岁，你也已经二十三岁了。你希望四十岁娶妻，那时我已经四十二岁了，到时候你会娶一个二十五岁的妻子。

如果我遇到一个让我既尊敬又信任的男人，他有意娶我，我会把我们之间的爱情故事全都告诉他。如果他还是想娶我的话，我就会嫁给他，但不会停止爱你。

最近我见到了一张男人的脸，自信、坚忍、平静又俊美。

如果克洛德知道我爱上这个男人，他的想法会有什么变化吗?——假如他在给我"不爱"的回答之前收到了我的"我爱你",又会怎么样呢?

3月22日,伦敦

纪念日来了,纪念我们在海滩、树林以及修道院度过的那些日子。

当我在唱诗班歌唱,没有克洛德,我仍然感到快乐。我在伦敦所承担的责任让我不会空虚。

4月28日,小岛

带篷小马车、小马、母亲和我一起摔到了一条深沟里。克洛德听说了吗?

我会在 5 月 28 日结束这本日记,那一天是我们分开的纪念日。

5月28日,小岛

我以为可以结束这本日记,结果完全做不到! 我重蹈覆辙。

克洛德再也不会来了,我再也见不到他了,他再也不爱我了,我开始变得病恹恹的,让所有人都讨厌。

如果我能永远离开母亲,为持续工作而辛苦忙碌,该多好。这里有着太多回忆，难以承受。

我做了一个梦，梦见一群孩子走进来用灌溉花圃的喷水器对克洛德洒水。我把他带到角落，他问我关于喷水器的问题。我看不清他的眼睛。突然我对他说："啊，只有一个！真正的一个！"

然后我几乎强迫式地用双臂抱住他的头，在他的唇上印下深深一吻。他惊讶得没有反抗。这是一个神奇的、神的杰作。

克洛德看着我，他要说出什么重要的话……我终于要明白他的意思了……我太激动，一下从梦中惊醒。他要说什么呢？

我从镜子里看见我的脸，那是另一个缪丽尔，一个属于克洛德的缪丽尔。

只有玛莎知道。

克洛德，你成了我和安娜之间的障碍，和以往恰恰相反，为什么？

你不赞成我一辈子生活在岛上对吗？如果知道安娜因此得到了自由，你会感到安慰，今年她只在岛上和我们一起待了八个星期。

我在伦敦东区白教堂租了个房间作为落脚之处。我的眼睛又不行了，我该停笔了。

　　克洛德，你的名字如此温柔。上帝会指引你造福他人。愿上帝让你免于浪费精力。

　　我远远看着你，身影高大，微微前倾。

13 缪丽尔的告解

1903 年 6 月 20 日，小岛

一颗炸弹将我的生活炸得天翻地覆。我将事情的始末写下来，给安娜和克洛德，只有他们两人可以看。

写于 1903 年 6 月 10 日至 24 日
——无可挽回的错误

今天早上，在阅读发给教员的一本小册子时，我毫无心理准备地发现自己其实从小就养成了一些"坏习惯"，损伤了自己的身体和大脑。

我摘抄一下：这个习惯带来的后果是迟钝、长期疲劳、双眼浮肿，一个原本充满活力、快乐的女孩可能因此变得萎靡不振，身心状况以及道德方面可能失衡。

这些损害是不可逆的吗？二十五岁才改正会不会太迟了？我能恢复自己本该有的健康吗？精神上也许能，但身体上呢？自然规律无法改变。

我对自己造成了伤害，到今天我才知道。

一旦养成了这种习惯就难以摆脱，我就是如此。我从八岁开始，到现在已经有十七年了。我已经不属于纯洁无瑕的女子。

感谢上帝没有允许我成为某人的妻子。

所以：

一、我不会结婚。

二、我有义务将这事告知安娜和克洛德。我不会因为羞耻感闭口不提——我就是我，而非他们想象中的我。我们分享彼此的经历，这是其中之一！

我要说出我记得的事。我是否应该先治愈自己再告诉他们？有种东西命令我马上说出来。

这是一件很实际的事情。你们把我当作一个纯洁无瑕的女孩信任我，我要让你们知道我并非如此。

我当时八岁。一个比我大一岁的名叫克莱丽丝的女孩和我同班，她是班上第一名，而我是第二名。她漂亮的辫子盘在头上，眉毛高高扬起，神情如同天使。我在各方面都要向她看齐。他们一家人曾经来我家小住一个星期，当时家里没有足够的床，克莱丽丝被安排和我一起睡，因为我和安娜的床很大，还有华盖，而安娜刚好去叔叔家住了。

我们单独在房间的时候，克莱丽丝脱下她的长睡衣叠好，放在鸭绒压脚被上，然后脱下我的，同样叠好，与她的睡衣放在一起。她将被单平铺在我们身上，然后将我搂在怀里。我非常崇拜她。两个小女孩一个很有主意，一个温驯听话，相互爱抚了一整夜。她像是一个粉色蜜糖做的娃娃。她告诉我抚摸自己身体的某些部位很舒服，特别是某个部位。每个夜晚我们都这样做。等到凌晨我们才穿上睡衣。她说服我这是我们两人的秘密，绝对不可以说出去。那时我不觉得这有什么不好，她在我心中的地位只升不降，我还感谢她教了我。她离开之后，我晚上有时会独自继续做她教我的事，同时想念她。

十一岁之前我对这事并没有特别深刻的记忆，这件事也变成了时有时无的习惯。不知为何，我开始抗拒这个习惯。我不知道身体的那个部位有什么用处，也不知道小宝宝是如何在母亲的体内孕育的。我的眼睛、耳朵和鼻子都是娇贵的器官，我不让其他小孩碰触。但我只知道那个部位是私密的，不能让其他人见到，也不应该和别人说起，连跟母亲也不行。母亲唯一一次打我屁股就是因为这个，目的在于让我懂得羞耻。除了这个，母亲其实在各方面都是以宽宏大度的态度养育我的。她这样使我没办法对她说起此事。

这个习惯有时不出现，一阵子之后又开始了。我无力抵御，只有屈服，有时候甚至带着怒气连续做好几次，然后我隐约觉得应该摆脱这个习惯。

我和一个我很要好的表姐约定，写信给她的时候我会在信里做一个特别的记号，表示我又不自觉犯了自己讨厌的缺点，信上注明数字代表犯错的次数。当然，我并不具体说明是什么缺点，她可能以为我写的数字等于发脾气的次数。

我的父亲当时已过世，我爱上帝就如同爱自己的父亲，还有耶稣。我觉得我犯下罪过时像是扑上他的受难荆棘冠，同时远离了那些靠近我的天使。

在我收藏宝贝的老长毛绒袋子里找到了一幅精美的耶稣诞生图，图的四周布满了用尖尖的铅笔头点出来的点，每个点都代表一次失败。我将这幅图钉在床头，每当我抵制了坏习惯的诱惑就很高兴。

十三岁时的我有个外号叫"阳光少女"，当我看到自己那时的照片就能理解为什么别人这样叫我。在这之后我经常因为气鼓鼓板着脸而挨骂。

十六岁时，我去一家我非常喜欢的学校寄宿，忙于学业和我承担的各种责任，流毒在我体内沉睡，偶尔会醒来。

我还记得快满十七岁时的某个闷热的星期日，我身边围绕着虞美人和蝴蝶，还有云雀，在大太阳下，我躺在麦子已经成熟的麦田里仰望蓝天。突然有某种力量迫使我（原注：参见克洛德1902年8月25日所写的日记），我又重蹈覆辙，我悔恨得号啕大哭。我把床推到能看星星的方位，希望星星帮助我。我发誓，并戴上不可违背誓言的手环，将《圣经》放在手边。有几个月我获得了胜利，偶尔有失败。有时候我把这个事当成一种实用手段，让自己很快入睡，并且让我冰冷的双脚变暖。

然而我恨自己受制于它。

如果某个晚上我认为挣扎也无用，放纵一下，我感觉得到自己嘴边浮现病态的微笑。不过我大部分情况下还是努力与之对抗。当它迫切地召唤我，我扭着手，将脸埋入枕头，祈求上帝。如果我无法入眠，或者无法把注意力转向其他事情，可怕的怪兽就重新出来纠缠，直到我接受它的召唤，速战速决，以求摆脱它，忘记它的存在。我禁止自己在之后进行祈祷。

十八岁那年的按手礼和领圣体使我几乎完全战胜了那头怪兽，在极少几次失败之后，我发现随之而来的身心倦懒妨碍我的学习。因此我和那头怪兽保持距离，即使是卧病在床时。

在巴黎时，怪兽又有卷土重来的迹象，也许是因为我喝了点葡萄酒。近几年我已经很少犯这个错误了，一般是在半梦半醒之间。

这跟克洛德毫无关系。相反，1902年1月到6月我们很亲密，但我一次也没有做。克洛德在不经意间教了我和安娜一些母亲本应告诉我们的事情。有一次他提到有些女孩子之间有特殊的关系，我顿时想到了克莱丽丝。可是他并未进一步展开，我没有完全明白。

无所事事的一天，晚上没有祈祷，肌肉或精神过度疲劳，这些情况之下都容易犯下罪过。

有一本美国的书不错，名为《女孩不可不知的事情》。假如当时我知道身体的那一部分将来将孕育分娩出孩子，我就不会听从克莱丽丝的话了。

我一直以为女性生殖器在体内，因此体外器官都跟它无关。

假如母亲没有让克莱丽丝与我同床睡，这些年我根本不会知道这回事。

　　我多年不愈的眼疾、我的偏头痛和抑郁情绪、临阵脱逃的行为，这些问题都来自这里吗？

　　我收到一封从美国寄来的援助信，这让我心里好过多了。内容如下：

美国基督教妇女联盟
贞洁部

我亲爱的年轻朋友：

　　你的求助信让我深感同情。

　　我非常理解你现在的处境，我对你没有任何反感，恰恰相反，我对你的坦白感到敬佩。

　　你应该改变你对自己的评判。

　　如果一个孩童不懂在楼梯上乱跑危险，摔下来头部着地，你对他会感到厌恶，并斥责他的错误吗？

　　不会的，你会替他包扎伤口，然后告诉他以后要特别小心，忘掉这场意外。

　　你已经努力克服了。

　　你无须为此受到指责，除非你现在意识到问题之后放弃抵抗。

　　如果你在睡梦中开始把持不住，告诉你自己："那不是我，我非常鄙视这种行为，即使是在睡着的情况下，我也会醒过来，跳起床，冲个冷水澡。"

别浪费时间责备自己。过一种为他人而努力的积极生活吧。

这种伤害自己的某个器官的行为是你身不由己地被人教唆的，不会再继续。

全心全意支持你。

负责人：某某女士

1903 年 9 月 8 日

又及：附上一些水疗、呼吸以及饮食方面的建议。

第三部分

安娜与克洛德

14 安娜与克洛德重新认识彼此

克洛德的日记

1904 年 1 月，巴黎

我在中欧旅行期间见到了一些哲学家、诗人、画家、作家，同时也做了一些翻译。没有姐妹的陪伴，我也活得下去，但我并未遗忘或是让别人取代她们俩。我们保持着不太频繁的书信往来。

我在 1904 年初回到了巴黎，安娜也是。她有了一间工作室。缪丽尔仍然苦于眼疾，在伦敦和村子里的工作量较少，心有余而力不足。她似乎变得很虔诚，从不跟安娜提起我，和安娜之间距离渐远，安娜为此感到痛惜。

我会偶尔临时拜访安娜，在她那儿待一个小时，总是相谈甚欢。我们俩恢复了晚上一同出门走走的习惯。

尽管说不出口，安娜现在已经确定她以往要撮合我和缪丽尔的执念是永远不可能了。只差一点点成为现实。

她已经不再是那个一心崇拜姐姐的妹妹了。现在的安娜就如同我第一天看到她拿下夹鼻眼镜的样子。她在为自己而活，我很喜欢这一点。而我做什么都会告诉她。我们重新认识了对方。

1904 年 2 月 20 日

数月过去，距我骑上单车离开小岛那一天很快要满两年了。我觉得安娜今天特别漂亮，嗓音嘹亮。

她在工作室里的大桌子上给我看了她最近画的一些素描。她浑身发热，因为她刚跑过步，心跳剧烈。短袖罩衫恰好隐约地勾勒出她的胸部。我们俩之间已经没有了缪丽尔的阻碍。我还记得那天夜晚渡河时安娜的声音，记得她在镜子迷宫里用脚灵巧地探路，记得她射击时因为枪支的后坐力肩头下沉。我以前是不是忽略了她的存在？

我又一次产生了一个疯狂的念头，想用手握住她的胸。为什么今天不试一下？于是我慢慢地轻柔地伸出手，像是伸手握住树上的一只苹果。

她会不会大声惊叫起来，给我一记耳光？

安娜举起右手要来挪开我的手……并非如此！她的右手轻轻地按住我的手，让我抓稳。

我们俩惊讶地对望，四周的一切消失不见。安娜雇的女佣几次来敲门，隔一会儿敲一次，一次比一次用力，最后她不再敲了，走了。或许她从钥匙孔里看见了我们俩。她和克莱尔雇的女佣是姐妹。看见就看见了吧。安娜把我俩握在一起的右手挪开，用左手解开了罩衫上的两粒纽扣，拉着我的手探进衣服里，直接放在乳房上。我简直不敢相信，我想将脸贴近她的胸口。

"别这么快，"她对我说，"先就这样。我有这想法来着，你感觉到了。"（她第一次用"你"这样亲昵的叫法对我说话！）"听我说，你愿意这个夏天和我一起去湖边住十天吗？（我点头表示愿意。）我后天离开巴黎。"

然后她亲吻了我的嘴唇。

她要去伦敦，而我去罗马。

安娜给在罗马的克洛德写的信

2 月 28 日，伦敦

我们相识的第一天你就给我留下了深刻的印象，因为你对我谈起瓦兹的《希望》，而且你喜欢那幅画的理由和我一模一样。我觉得你比我活得舒展。在我的人生中，身边一直有一个比我优秀的女孩令我目眩神迷：她什么都拿第一，她能在所有的游戏和运动中击败我，让我赞叹。她更喜欢拉我的小提琴，胜过她的钢琴，她的歌喉更是令我相形见绌。她会写诗，村里排戏时只有她称得上真正的演员。她就是缪丽尔。

你们两人跟我说的话都能驱散我心头的迟疑。我安排你们俩认识，因为我觉得会非常有意思，就像让两个伟大的讲道者对话较量。和你们在一起，我不太吭声，并非出于美德，而是因为显然我插不上话。我曾经产生强烈的妒意，但转瞬即逝。我感觉自己和你们不在一个层次。刚开始，我觉得你们一定会结为连理。你们相爱了，过程充满波折。你和她差一点要订婚，却最终分开，你离开之前在开花的苹果树下享用最后一顿午餐时，我感到心满意足。

她的犹豫不决让我感到意外。她不再是志在必得的人。读过你的日记之后我明白了。我抄写了几页，灵光一现：两个像你们这样强悍的人是无法结合的。

你和我，我们再度见面了。如同以往，你让我对自己的作品有了极大的信心。我不敢相信你看我的眼神有了变化，而我的眼神应该也变了吧，因为你将手放在我的胸口，这是我们俩感情的开端。

你和缪丽尔是我的两大支柱，我不断向你靠近。我还是很爱缪丽尔，但精神上我觉得我已经不再依附于她，而是追随你。

1904 年 3 月 15 日，在树林里

见不到你我很沮丧。告诉我，我这个情场新手应该怎么做？

你也痛苦吗？可能不会。你应该非常忙，跟平时一样。我不该写信问你我这样的新手应该怎么做？

下了一场阵雨，雨滴打在我的身上，我的身体不再只属于我，属于嘴唇……雨水啊，洗去我的忧惧，我想像那只跑开的小野兔一样自由……想属于你，克洛德，毫无保留地属于你。

3 月 20 日，伦敦切尔西

母亲来信叫我回去帮忙照顾缪丽尔。我委婉地拒绝了，因为那样我就只能断断续续地工作，我会发脾气。而母亲总是会对我提出更多要求。缪丽尔并不知道母亲打的主意，否则她一定会阻止的。我平时给她写信，可是她眼睛不行，是母亲给她读我写的信。

我需要和你在一起按着我们自己的想法生活。

下午四点的时候我感觉到你的唇印上了我的唇。也许你想我了？你还记得吗？

3月30日，切尔西

母亲来了一封信：如果我不在家，缪丽尔就不能好好接受治疗，眼疾就无法痊愈，最后我还是回到了这座牢笼。如果家里只有缪丽尔就好了。而家里的气氛压抑，看不见的教条在牵制着我，让我不得不虚伪。

我同情缪丽尔，也珍爱她。

4月13日，小岛

我昨天回到了岛上。我按照你的建议做了，"划定界限"。

缪丽尔为了更能控制自己（参见她的告解），一下子变成了百分之百的素食主义者。她的眼睛变得更糟糕了。我们让她还是吃一些肉，她似乎接受了。

以下是她们想要我做的：灌溉修剪房屋四周的花，因为母亲钟爱这些花；调教新来的狗，它很小很可爱；代缪丽尔继续举办义卖市集，预定在两个月之后。

我跟缪丽尔说:"我回来只是为了照顾你养好眼睛,不是为了做这一堆事。我可是个雕塑家。"

缪丽尔劝诫我说我们对父母有义务,我回答她,我对这个问题的看法已经和她的不一样了。

她们不知道我已经变了很多。我们说好每天早上十一点以前我可以做自己想做的事,然而对我而言这点自由时间并不够,而她们觉得我的工作时间不够!

我必须进行言语上的抗争,还有无声的抗争。假如我任由她们的日常琐事牵着走,我的大脑会变得空空如也。我打算在义卖市集结束之后就走,她们却希望我整个夏天都待在这里。

1904 年 4 月 17 日,小岛

我还学意大利语。在信封上用打字机打出我的住址,因为母亲认得出你的字迹。给缪丽尔写封信吧,关心一下她的眼睛,你的信会由我念给她听。她知道了我们在巴黎常见面,仅此而已。她编织,挽着我的手散步,听我给她读书,她的眼睛已经不觉得刺痛了。

我很高兴你指责我的某些问题,你仔细找的话还会发现更多。

你也一样,我有时也会觉得你和我所期望的不同。

4 月 25 日，小岛

你的来信真好！原来在威尔士，我们那晚渡河的时候，还有我低声埋怨的时候，你曾想过吻我！——你记得还有一天发生的事吗？我们玩捉迷藏，我狠狠地撞上了树枝，昏了过去。你抓着我的手腕，阻止我摔下。你的声音听得出来很紧张，你的脸都变了色。我将手腕从你的手中挣脱出来——这件事回想起来是多么开心啊！

1904 年 5 月 5 日，小岛

有一年在瑞士的时候，旅馆里有个年轻男孩打扮精致，长得过于完美匀称。我的弟弟常常和他聊天，但我对他没什么兴趣。

可是我做了一个梦，梦见他搂着我的腰。从那之后，每次我见到他就会感到局促不安，我为他弹奏贝多芬，用琴弓向他射出爱情的箭。某天天还未亮他就离开了旅馆。我从床上起身，披着月光在山里走了许久，心里想着他。

我想，因为这个和其他类似的原因，我会爱上好几个人，因为我有很强的好奇心。

每当完成一个雕塑模型，我仿佛置身天堂。如果最终失败，我像是落入炼狱。如此一来，我会不由自主地向往回家，向往和家人在一起那种暗含危险的慰藉。

不行！我要独处，偶尔和你在一起，也要工作。

1904 年 6 月 11 日，小岛

眼科医生禁止缪丽尔在四个月以内用眼。两年前，我和缪丽尔两人曾经敞开心扉地对话。你对她的告解怎么看？如果你愿意说就告诉我。

我很难保守我们俩之间的秘密，我希望对母亲和缪丽尔公开我们之间的事！

我和母亲之间的关系非常紧张，这很影响我工作。我现在手头的钱是父亲留给我的，我跟母亲要了这笔钱。我虽不富有，但经济独立。

我在身体上很大胆，精神上却畏畏缩缩。最近差点出车祸死了。那一刻我首先痛惜的是不能再做雕塑，其次是不能再见到你和缪丽尔，最后才为家人感到一丝遗憾。说到家人，亚历克斯明天就走了。我会有更多的时间做雕塑。查理已经出航了。

当我望着镜中的自己，我惋惜没给你更好的。如果在试着攀登时跌落也无所谓。我不再敌视战争，我也不再害怕悔恨，读过你给缪丽尔的日记之后我完全变了。

我怕的是你在我准备好离开你之前先离开我。

抚摸我，折磨我，拿我的命去赌。我想看你是怎样爱芭拉的，我可以照着做成雕塑。我想变成火。

你说："我爱你因为我需要你。"说得好！

好！需要我吧！

未成名的艺术家与太知名的艺术家相比没那么值得同情。

我又羞又恼，恼的是我因为谨慎小心，逃避了与你在一起的机会，我应该留在巴黎的。

三个月前你和我进展得不够快。从那时起我不知为何非常强烈地期待着爱情让我陷入疯狂。

我的男孩，你的来信对我而言有时像泼冷水，有时又像热咖啡。

我跟你谈论了太多关于我自己的事？——关于你自己，你跟我谈论得太少！

我喜欢你对我说："除了你，还有世界。"——我也可以骄傲地对你说出同样的话。

你照顾我，并非无微不至，以一种让我以为你爱我却又说不清楚为何的方式。

克洛德的日记

1904 年 7 月 2 日，瑞士卢塞恩

收到一封电报："周二中午到卢塞恩与你会合。"于是我在罗马搭上特快列车，感觉到车轮滚滚奔向安娜。我从酷热难当的地区出发，抵达白雪皑皑的群山，提前了两天到达，以便做好准备迎接她。我选了一间带木头阳台的房间，阳台延伸到湖面上。

我在月台上等待安娜。乘客陆续从长长的列车上走下，快走空了，竟然还没有看见安娜！我感到担心。终于我看见她从火车的最尾端走下来，带着一个大背包和一个很重的箱子。我跑过去，安娜伸出一侧脸颊让我亲吻。我们之间的情意未断。安娜变严肃了，也清瘦了，我们坐在行李箱上等着搬运工来。

她开口道："多亏了缪丽尔我才能来这里，尽管她的眼睛尚未痊愈。今天是她的生日，她向母亲开口要的生日礼物就是让我今天能来瑞士，母亲其实不愿让我出门。缪丽尔并不知道我来瑞士是为了见你。我非常希望能对她说出实情，尽管一谈到任何与你有关的事情她就用沉默来抗拒。如果家里只有我和她两个人，我早就告诉她了，然而家里的气氛让我无法开口。

"你似乎在罗马过得不错啊。气色好极了！行李搬运工来了。"

安娜非常喜欢这间老式的有两张床的房间，指着其中一张床说："今晚我就睡这里，你呢，你想睡哪里就睡哪里。明天我们去山上有岩石和冷杉的地方。"

我听着她说话，看着她，让她安排一切。她在这里，我感到很高兴。我并不急切渴望她的身体。

晚上她吻了我一下，然后不停地说话："我不想生小孩，只想做雕塑。我见过一些不结婚的情侣，我很羡慕他们。我读了一本马尔萨斯[1]的书，他的观点说服了我。我不想再保持处子之身，但是我又害怕。我学着你们那位有名的元帅那样对自己的身体说：'我的身体，你在颤抖，但是假如你知道我要带你去何方，你会颤抖得更厉害。'"

"太棒了！"我赞叹道。

"我读到过一些出名女人的故事，她们自由地生活。我不再赞同缪丽尔的信仰原则和随时随地不惜代价为他人服务的意愿。我希望像瓦兹一样通过自己的作品打动

---

1 托马斯·罗伯特·马尔萨斯（Thomas Robert Malthus，1766—1834），英国牧师、人口学家和政治经济学家。

人心，让自己变成有用的人。我不再认为情侣是上天注定的，我以前觉得缪丽尔和你就是天造地设的一对，现在我相信必须通过尝试才知道，这就是为什么我让你碰触我的乳房，也是为什么我来这里。我们开始有好感，但不太容易对彼此认真。我不知道我是不是爱你，但是你教导我，让我开心，让我喜欢。"

我为安娜骄傲，同时感觉有点窘，掌握主动的人是安娜。缪丽尔和她们的母亲对我来说已经不重要，我对安娜怀有尊敬、保护欲、柔情、好奇，被她吸引。没有男人碰过她。

她说："再告诉我一些关于芷拉的细节。"然而横渡英吉利海峡的长途旅行让她十分疲劳，她在我的怀里睡着了。

早晨她叫我起床，抓着我的一把头发嚷着："醒醒！船一小时后就起航了。"

她的内衣非常奇怪，仿佛是用刀在类似红色法兰绒的布料上裁切出来的，看起来像军装。

船把我们带到岩石嶙峋的岬角下，岬角下方是一片森林，森林里有散落的成片天然林、林中空地和一家老客栈。

我趴在地上，双肘支撑在一层松针上，左手的食指上有一只很小的蛞蝓，蛞蝓朝空中伸着细细的脖子。我的右手食指上有一只豌豆大小的蜗牛，它做着同样的动作。

安娜拿着画笔，想画下这两只小动物的一派天真。

我站着划船，这艘小船和缪丽尔与我遇上暴风雨那次划的船差不多。安娜从船头跳下水，潜入船底。

安娜用一把小剪刀和锤子雕刻一块石头，这颗石头的形状和上面长的青苔使它看起来像一只狗头。

黄昏时我们一同听着蟾蜍呱呱叫。

"一切都太美妙了！"安娜叹道，"……除了我们俩。"

晚上，她带着乖巧的神情给了我轻轻一吻，便睡了。

早晨她带我去果园。在一棵高大的樱桃树下，她对我说："站稳了！"话音刚落，她便爬上我的后背，然后跪上我的肩头，站起来爬到树上。她丢给我一些熟透的黑色樱桃，自己也吃了起来。一颗樱桃核突然掉进了我的耳朵里。"对不起，我刚才瞄准的是鼻子。"她吹起了口哨，想趁我分心时偷袭。

　　我们玩松果，钓青蛙。当我们看见客栈的青年侍应生按照习惯将钓上来的青蛙拦腰斩断，留下青蛙的大腿做菜，我们就停止钓青蛙了。

　　我们的亲吻越来越多。我永远无法对这个男孩子气的女孩做出进一步的事情吗？我的耐心并非假装出来的。

　　我们用我的匕首在沙地上画画，还玩射箭和手枪。安娜都很拿手。

　　"'同伴'这个词粗俗吗？"安娜赤裸着身体躺在床上问我。

　　"不，这个词是通俗词，是小学生常用的，'同伴'比'同学'更热情、更有趣、更亲密。"

　　"那么我是你的同伴。"

　　"是的，大多数时候我们是同伴，但我们不仅仅是同伴而已。同伴不会亲吻彼此的嘴唇，心如鹿撞，我不会像现在这样心跳加快。同伴不会想要更多。"

　　"你真的想要更多吗？"

　　"有时候想，有时候又不想。我很高兴我们可以慢慢来，然而我也很好奇想要更多。"

　　安娜说："好，这话既含糊又坚持。接下来会怎么发展？"

"点燃我们已经准备好的柴火。"

"嗯，然后呢？"

"然后，没法预见火被点燃之后我们会怎么样。"

"我们会怎么样……"安娜重复着，她的声音变了。她说："过来，克洛德，就现在，马上！"——安娜把我拉到她身上。

她脸红红的，神情严肃。

我试着慢慢来。

"来啊，来啊！"她催促。

我还在犹豫。

"你就来嘛！"

这个语调让我不再多想。一点轻微的阻碍之后，我进入了她。她用同伴的眼神盯着我，没有别的。

不过这个游戏一开始，我们就沉溺于此。我们摸索着。

"应该做，"她说，"我喜欢，因为你喜欢，因为这样很亲密，但还不算是同享欢愉。和接吻差不多，不过感觉没那么好。"

"你的火焰还没有烧起来。"我回答。

"你的火焰烧起来了？"

"你看不出来吗？"

"看出来了，可我还没有，像是你独自在享受。我一直不会有感觉吗？"

"说不准。"

"没错，"她说，"你跟我说过，克莱尔和你父亲在一起就从来没有任何感觉。这不正常吗？"

第九天的时候，我建议将这次预定为十天的相聚延长几天。安娜拒绝了。

"我认真考虑过了，"她说，"我打定主意不可以。为你好，也为我好。我们需要一个期限。过犹不及。后天我一个人出发去山口上面。我认识那里的几个农夫，也知道那里有软岩。你就跟克莱尔到海边去，她需要去海边。我们很快就会再见面，我们都是自由的，这多好。"

我只好接受了十天的期限。

安娜出发的时刻来临，她背着背包，脚踝纤细，眼睛在太阳下一眨一眨的。她对我说："我走到那棵白杨树下会回头看。"她回头了，并且用力对我点了点头。

安娜给克洛德的信

1904 年 7 月 14 日

离开你两天了。我那天慢慢地走了四个小时，中途没有停下，也不觉得累，有时边走边说话——跟谁说话呢？跟你！我穿过一道激流，是踩在桥的栏杆上走的（我从来都是这样过桥的）。那座桥的上方是一道瀑布，水流飞下落在石头上，水花飞溅。腾起的水雾升至我的头顶以上，在阳光的照耀下，形成一道道彩虹。我就在彩虹中行走，我的背包对我来说不重。因为好玩，我有时候节俭，有时候大手大脚。我被太阳晒得发烫，也为你浑身发热。

7 月 20 日

我重新读了你一年前的信。现在我完全明白了你那封信的意思，我惊讶于她所做的事情，她自己一个人。

十天的欢好，太短暂！但是你不在我的身边，我才能够看清现实。

我也喜欢勃克林[1]，寄给我雷米·德·古尔蒙[2]写的《爱的物理学》[3]吧。

克洛德的日记

1904年8月5日，克诺克[4]

我和克莱尔去比利时的海滩度假几个星期，住在旅馆。我努力让她感到高兴。我和一个来自莱茵河地区的年轻女孩调了下情，她有点像缪丽尔。我邀请安娜到邻近的村子来住，骑脚踏车的话，只需要十分钟就可以到达。我为安娜租了一间面朝大海的房间以及一间画室。她明天到。

8月6日

安娜没来，而是寄来了一封信："真是一场灾难，母亲和缪丽尔都病倒了。我无法犹豫，我回去照顾她们

---

1 阿诺德·勃克林（Arnold Böcklin，1827—1901），瑞士象征主义画家。

2 Remy de Gourmont，1858—1915，法国象征主义诗人和作家，代表作有诗集《西蒙娜集》等。

3 *Physique de l'amour*，此书主要讨论性心理。

4 Knokke，比利时海滨度假胜地。

了。我害怕得浑身起鸡皮疙瘩。"

我满心欢喜地等待她的到来，结果落空了。我们日后能弥补这个遗憾吗?

八天之后又来了另一封信:"我哭了。你比我的雕塑更真实。我以后不能常常写信给你，你可以发挥你的想象，我大概只会重复这些话。"

1904 年 12 月 27 日

过了五个月，安娜在圣诞节后的第二天抵达巴黎，来到了我身边。她躁动不安，不开心，自我怀疑。我觉得她成熟了，也更漂亮了。我看着她，并没有说出来。她从我的眼神里读出了我的想法，扑进我的臂弯，双腿夹住我的腰。除去衣衫之后，我从头到脚轻抚她，她慢慢褪去了不起眼的外壳。她终于感觉到我的渴望，热烈地汲取我的渴望。当我与她合二为一时，彼此都有了一种新的体验。她不再是湖边那个有点男孩子气的女孩，现在的她已经是个年轻女人，对于自己的蜕变感到惊喜。

夜晚来临时她对我说:"我等了这么多年，得到的回报却是这么棒!"我说:"我要变成火焰。"我说到做到。

1905 年 1 月 12 日

只要我一有空，我们便会在她的工作室见面。不过我是个有工作的人，在一家杂志的基金会兼职，定期交翻译稿，所以我见她的次数并不太多。

有一天她突如其来地发来一封气压传送信叫我去，这与她的原则相背。她保证下次再也不这么做了。我推掉手头的事，去见她，下来过夜。

我把她揽入怀里，抱起放到床上。她从床上跑下来溜进浴室，飞快地洗了个澡。她已经习惯了我的注视，一点也不扭怩。

"安娜，我一来你就忙着去洗澡。可是你不都是每天早上洗澡的吗？"

"是的，每个教养良好的英国女孩都这样，可是早上洗完澡之后我又出了汗。"

"真可惜！可是如果我喜欢闻你出汗之后的味道，胜过你用的植物皂的香味，如果我希望你不要在亲热之前洗澡，你同意吗？"

她回答："我同意。"

我又收到了第二封气压传送信。我又立刻去见她，忘记所有一切，变成激情的火焰。

安娜写给克洛德的信

1905 年 1 月 21 日

克洛德啊克洛德，我实在太幸福了。我的欲望随着你给的满足而越来越强。

男人是不是在性爱之中得到一种情绪的平复？对我而言相反。昨天一整天我不急不忙地拥有了你，现在却更加需要你。我不知道该怎么办。你填满了我，如果你离我而去，我就会变成空壳。谁能想到呢？

如果你想来就来，就会更糟，因为我觉得你总是在四处奔忙。要不是我可以做雕塑，我可能会害怕。

就算我可以让你一直在我身边，你还是偶尔有需要离开的时候，如此一来我的心里一样会非常难受。我真贪得无厌。

假如我们最终会因为彼此厌倦而结束，你能想象吗？

趁你还爱我，多多爱我吧。

1905 年 2 月 4 日

我的克洛德，你有空的时候再来找我吧，但是别等太久。短暂的相聚比不能相见还苦。我诅咒这个让你分身乏术的工作，我已经到了忍耐的极限了。我在自己家人身边感到痛苦，现在却因为幸福而感到痛苦。治愈我，别责骂我，教我理清头绪。

如果你能来，就算很晚也尽管来。

我按照我们的爱情带来的灵感做了一个雕塑，但我觉得需要从头再来。

你的安娜任凭你要她为你做任何事情，即使违背自己的意愿也在所不惜。

这张信纸是你的皮肤，笔中的墨水是我的血液，我用力写字，好让墨水渗入纸张。我现在终于了解为何芘拉——你不想忘记、我也不会忘记的那个芘拉——会用掌心打你。

为什么？

嗯，你自己想想！

如果真如你所说，从女人做爱的方式可以看出一个民族的人生哲学，那么西班牙人的想法就太清晰了。

克洛德的日记

3月5日

接下来又收到了两封气压传送信，但我根本无法抽空去看她。杂志的创刊号正在印刷。安娜睡不着,她心里和嘴上都说自己非常理解,对此并不介意,然而对她来说这样偶尔中断见面是不正常的。

安娜现在变得光彩动人,我慢慢确信她不再满足于我能给她的。我越卖力,我们的关系就越融洽,她就越需要持续在一起。

她需要我的时候我无法在她身边,这令我悲伤,而她感觉到我的伤心也会悲伤起来。

她说:"如果你是水手,你不在我身边是毫无办法的事。但你不是水手。当我太需要你,即使你前一晚已来过,我还会碰碰运气叫你来,不是次次都能如愿。当你只打算停留一个小时,我会挽留你过夜。我以为自己很讲道理,其实并非如此。我们原来说好两人各自努力工作,只有完成工作之后才见面。我在爱情方面是个初生的婴儿,在我看来,一切的关键在于我们用言语和行为构筑我们的爱情,就像是属于我们俩的伟大塑像,除此之外别的都不重要。然而与其求你过多而不得,我宁愿失去你。"

她终于重新开始做雕塑,第一件作品是木制品。这为她的雕塑生涯开启了新的篇章。她心花怒放。

她给自己设定了工作时间，不许我在工作时间去见她。

她告诉我："除了你，我必须让自己喜欢上一些别的，我也给你自由去喜欢别的，这样我就不会给你太大压力。"

15 安娜、克洛德和穆夫

克洛德的日记

1905 年 3 月 30 日

三个月过去了。我带安娜去参加一个非常自由随性的俄国女性朋友举办的派对，跳舞，喝伏特加。

接近凌晨两点，只剩下十几个客人没离开。他们时不时熄灭全部灯光，保持数分钟的黑暗。我坐在低矮的长沙发上，安娜和穆夫跳过舞，然后一起在离我几步远的另一个沙发上坐下。我发现穆夫对安娜颇有兴趣。穆夫是斯拉夫人，矮壮，像个正方形，脸上布满浓密的胡须，外表冷漠，有教授的派头，看起来力大无穷。在黑暗中，沙发上坐着的人会悄悄换位置。

又一次熄灯，黑暗中我觉得有人抚摸我，拉住我的耳朵，一张嘴凑近我的嘴开始亲吻。我起初没有拒绝，以为是安娜，后来感觉不对：我立刻闭紧双唇。是个俄国女人，年纪有点大，我刚才还和她聊过几句。我惊得往后一退，突然后悔带安娜来这个派对。

离开的时候安娜对我说："穆夫问我是否可以去参观我的木雕。他说他认识你，我答应了他，我这样做没错吧？"

"我带你来就是为了让你认识一些朋友。对，我认识穆夫，不过我们只交谈过几次，彼此并不太熟。我感觉他是个正经聪明的人。"

"我没找他，是他自己走到我面前。他引起了我的兴趣。"

我们一同回到了安娜的住所。我跟她描述了黑暗中的那个吻，还有我一开始误以为是她（她紧紧捏了我的手指）。因此我洗了好几次嘴才亲吻她。

4 月 10 日

穆夫去见安娜，看了她的作品，他的评论颇为打动安娜。他本身也是个画家兼作家，邀请安娜去参观他的画室，安娜去了。他对安娜大献殷勤。

1905 年 4 月 15 日

我们不断把我们时隐时现的爱火推得越来越高。

有一天，安娜这样对我说：

"你觉不觉得有可能的话，你会爱缪丽尔比爱我更多一些？"

"我不知道。这没法想象。那是另一个世界。对我而言，她还是一个谜。"

"我觉得你可能会爱缪丽尔更多。我认识你的时候认定你一定会和她结婚，我以前觉得你们是天生一对。为什么会有这些想法，一定有原因。在运动方面她每次都能胜过我，如果她真有心的话，也可以在感情方面打败我。我几乎成功让你们结为夫妻。有时候我真的有些嫉妒，就像那天晚上我们渡河时那样。我心想：'我最后能得到什么？'后来我再次努力争取成全你们的爱情，直到那天读了你在分隔期间写的日记，那份日记是我的《圣经》。

"我明白了你们两人决定的事情不会改变。直到这个时候我才开始把你当作我自己的心上人来看，而你也终于察觉到我的心意。"

"你慢慢地不再像个假小子了。"

"那是为了你，克洛德。原来的那个假小子就非常喜欢你。发现自己喜欢的男人居然渴望着得到自己，实在令人感动……

"你会嫉妒穆夫吗？"

"当然，他和我截然不同，也许是这一点吸引你。我对他有成见。尽管我不了解他，但是我直觉他配不上你。我不认为你们两人能在一起。对此我也没有办法想象。我看到你能带给他一些东西，他却无法带给你什么。这不关我的事。"

安娜说："你啊，可惜你没有时间。你做了一个很了不得的示范。你让女人相信了你，然后又对她说：'夫人，别忘了世界之大选择何其多，你想选谁都可以。'完全不去费心了解她想选的也许就是你。但她无法生你的气，因为你就像一个传教士，或者一匹难以驯服的赛马。我想我最终可能需要一个对我投入比你多得多的男人。我对爱情的执着超过我对你的执着。目前你是最接近我心目中的爱情的那一个，但我想去看看其他人。"

我有事不得不出差十天，我将行程缩短了一天，回来后在往常见面的时间去找安娜。我照常敲了四下工作室的门，没有人应，这是破天荒的。我又敲了敲，还是一片静寂。我大声喊："安娜！安娜！"

没有任何回应。

我心想："她出门去了，或者穆夫在里面。"于是我离开了。

我收到一封气压传送信："你过来。"她对我说："啊，我没给你开门，其实当时我在，正坐在穆夫的膝盖上，他拉住我不让我开门。你喊'安娜！安娜！'的时候我想回答的，可是他用大手捂住了我的嘴。"

我心里想："怎么不咬他的手！"

但我嘴上只是说："他在的话我也不想进你的工作室。"

八天之后，她告诉我："你以为穆夫已经得到我了，不，还没有。不过我们就差一点点。是我不想对你说起他，他并没有不让我说出去。"

五天之后，又一封气压传送信："快过来。"

我赶了过去。

"克洛德，我和穆夫木已成舟，就在今天下午。我刚洗了个澡。快来爱我。"

我照做了。

"克洛德，我们俩！你做了什么？我又做了什么？我原先并不想的，我还没有爱上他，可他突然对我紧追不舍，我一下子对他有了巨大的好奇，仿佛这事跟我无关似的，然后才意识到是我置身其中。你不也一样很好奇？"

"是，"我说，"穆夫是个很不错的男人。"

"也许吧，可是你我之间是无与伦比的。"

"那你和他，你们之间不是无与伦比的吗？"

安娜说："还没有到那个地步。"

在一个酒吧里，我看见穆夫在和一个波兰女孩儿调情。我们彼此交换了一个冷冷的眼神。我为安娜感到受伤。我不会告诉她这事。

午夜时分，我看见墙边有辆脚踏车靠着。我认出那是穆夫的脚踏车，矮矮的，锃亮发光，两个红色大轮胎。我捏了捏前轮，气很足，鼓鼓的。车架上有一个打气泵，亮亮的。

捉弄他一下？

我像个小偷一样小心翼翼地放掉前轮的气，将气门芯塞回之后就走了。

只不过让他糟心一下子，给轮胎重新打好气就能骑了。

安娜对我说："你写给缪丽尔的日记让我看清楚了，

在你的生活中，你并不像我需要你那样需要一个女人。我原本以为我可以满足于你分配给我的一部分时间，以此为基础建立我们的关系。然而你让我变成了一个新的我，新的我要求得到更多。此外，在你的鼓励之下，我的好奇心也越来越强。"

她又说："你会偶尔想起缪丽尔吗？（我点头表示肯定。）她因为眼疾而沉睡着，有一天她会醒过来。"

安娜很快和两个固定的情人保持着关系，我们两个男人都心知肚明。安娜让我们知道彼此的存在，但不会提到细节。我和穆夫都难以忍受这种三角关系，安娜却安之若素。

安娜告诉我："当我想到缪丽尔会怎样看这件事……想到一年前的我会怎么看这件事，我感到恶心……我并不是真的想要这样，只是它就这样发生了，不能混为一谈。这是一个意外，我的本心是只要一个男人陪伴我，就像迪克和玛莎。

"我嫉妒缪丽尔，但是我控制着自己。你嫉妒穆夫，你也控制着自己。"

1905 年 4 月 30 日

有一天安娜问我："穆夫的波斯朋友邀请他去做客，

他想带我一起去。你觉得怎么样？"

"那里风景壮丽。你想去就去。"

"那好，我要去。"安娜答道。

我们道别了两次，每次都持续了一整晚。

安娜给克洛德的信

1905 年 5 月 22 日，德黑兰

在巴黎和你分别时我没有表现出难过，现在我知道为什么了。我很惊讶，你竟然会因为穆夫的存在而痛苦。遇见了他，我替你感到高兴，因为这样一来减轻了你的负担。

你曾经是我的全部生命。你有智慧和勇气——或者是出于自私——拒绝了我的要求。现在这都是过去了，我为此感激你。

是你将我引到了穆夫的身边，为此我要感谢你。

（之间的两封信遗失。）

1906 年 1 月 1 日

我总是追求捉摸不定的爱情。我疲惫、空虚，可突然之间我超越了这些不幸。穆夫是个非常好的人，他的妻子（他已经结婚了）在俄国，他们给对方完全的自由。他的朋友们是一个既有文化又有趣的圈子。我只怀念你的某一点，至于哪一点我就不说了。我要回岛上去了。

1906 年 2 月 20 日，小岛

缪丽尔学会了在看不见的情况下写字。如果她写信给你，你回信给她的时候可别忘了，将信念给她听的人可能是我母亲。据说再过一个月，缪丽尔的眼睛承受的折磨就会结束。她到时候就能出门旅行，她会去巴黎看我，她当年去的时候非常喜欢这个城市，但现在她觉得巴黎充满危险。如果她带着自己坚持的教条去巴黎，她不会感觉很好。这两年她生活在眼前的黑暗和深深的孤独之中。

她说："我想见见克洛德。"

不止对你，对所有其他人，她都会像个孩子一样重新开始认识。

1906 年 *3* 月 *8* 日，小岛

谢谢你写来的论述扎实的信。

大团圆是个神话吗?

我以往的勇气到哪里去了? 我会一直受伤,该归咎于我自己。我不会将自己的积极主动贯彻到底,还听任误会一步步加深。

你告诉我:"别怕去爱。"我听了你的话。

这让我想起我婶婶,她喜欢劝我叔叔:"别怕晕船。"自己却时常晕船。

我和缪丽尔越来越亲密。

两个月后我会回巴黎。

16 长吻

缪丽尔 1906 年的日记

1906 年 1 月 1 日，小岛

我将尽力写下我和克洛德的感情发展，给自己的感情贴上标签。

近二十个月（1904 年到 1906 年）以来我失去了正常的视物能力，没有写信给克洛德，也没有收到过他的任何有重要意义的信，只能通过安娜得知他的一些话语。

1904 年夏天，我发现自己从小沾染了坏习惯（见我的告解）而十分懊悔，再加上我内心时刻挣扎，感觉像被撕裂了似的。那年九月，我开始完全素食。十一月，克洛德寄来了一封真正算得上信的信件，他之后再也没写信来。那年冬天，我的精神生活十分充实，然而身体方面却乏善可陈。我不停地和母亲对抗，因为她想逼我吃肉。次年三月，我的眼睛情况恶化，于是开始了极为重要的治疗。五月，安娜回来了。我的眼睛蒙着绷带，扶着她的手散步。我感谢神没有让克洛德娶一个盲眼的女人为妻。因为自负，什么都想学一学，我把自己的双眼当儿戏，失去了视力。

这两年间我什么事也没有做，懂了很多道理，也重新恢复了平衡。眼科医师时常上门看诊。

1904 年夏天，安娜去了瑞士，我第一次感到左眼眶刺痛，有失去双眼的危险。整整三个月，我处于完全的黑暗之中，变得十分敏感，在路上听见激烈的争吵会哭起来。独处的时候我偶尔会低声呼唤克洛德的名字。我一直不曾抱怨，眼睛痊愈也没有给我带来喜悦：我的双眼不再理解这个世界。母亲大声朗读《身心合一》[1]这本书给我听，我听了颇为震动。我感觉到上帝就在身旁，而克洛德不过是他的从属。我可以停止做梦了。

从那之后，我又开始想象与他的相遇。难道我永远无法停止幻想吗？四年前他来到岛上，他和母亲的那场

---

1 *In Tune with the Infinite*，是一部心灵励志经典，作者是美国哲学家拉尔夫·沃尔多·川恩（Ralph Waldo Trine，1866—1958）。

谈话带来了非常严重的后果。

1906 年 1 月 25 日

安娜要带我去巴黎过复活节。她给了我一些着装方面的建议。她昨天问我："你会去见克洛德先生，对吗？"

"我应该见他吗？"

"当然！"

我同意了。这是安娜第一次重新谈起他。我害怕见到他又渴望再见他。这件事在我看来极不真实。

一场美梦：克洛德叫我帮他缝一颗贝母纽扣，我的额头触碰到他的脸颊，我们的嘴唇几乎碰上。我的心情如同刚参加过一场神圣的圣餐。

1906 年 5 月 3 日，巴黎

我到巴黎了！

安娜去见了克洛德，问他是否想见我，他回答："我不知道。"我很讶异。我已经确定他不再爱我，然而他此时表现的迟疑告诉我："他或许还有意思，他担心你的出现会重燃火焰。"

我打算冒这个险。这不会对他造成任何伤害，而且我知道如何保守我的秘密。

黑夜来临了，安娜在我身边不远处睡着，她显得躁动不安，嘴里嘟囔着什么。她怎么了？

我去卢森堡公园当年去过的角落，独自微笑着，引得旁人侧目。一想到不远的将来，我笑不出来了。安娜对我说："明天见面。"

我独自站在窗洞旁。克洛德走进来，将帽子丢到长沙发上，径直朝我走过来。他看着我，没说话，他的唇无声地呼唤出我的名字，我的唇也是。我们同时向彼此慢慢伸出手。他一把抱紧我，和我梦里的情景一样，他吻了我，一个真切的吻。这个吻让我们难以自拔。

他一边吻着一边把我拉向大扶手椅。他坐下，抱着我坐在他的膝盖上吻着，时不时轻哼一声。我给我们俩安排了一个小时的相处时间，但这一个小时就是这样度过。我们什么也没说，只是流连在这个长吻中。我感觉自己遭到了痛打。他通过我的嘴唇察觉到我不抗拒，却忽略我始终不渝的爱。主要就是这样。

假如我们当时有更多的时间，会发生什么呢？

我可能会毫无保留地对他和盘托出。

安娜敲门进来，脸色苍白。几秒之后，她说："你的火车五十分钟后要开了。"

克洛德说："再见，缪丽尔。"

我说："再见，克洛德。"

1906 年 5 月 18 日，小岛

我回到了岛上。我一无是处。我努力想让克洛德在我心目中回到从前的位置，但是这很难。克洛德在我心头来回奔腾。我当时特别希望他能开口对我说话。他是我的生命，然而他什么都没对我说。

5 月 22 日

工作一天之后，我和亚历克斯一起坐在火炉前。你突然出现，解开我的袖口，温柔地卷起我的袖子，用你的右手手指轻轻地握住我裸露的手臂。幸福的感觉令我窒息。你消失了，真是幼稚的幻想！

这些幻觉纯真无邪，是上帝的恩赐，然而我不能耽于幻想，因为这会使我的爱变得过于强烈。

将自己完全献给你？——你没有这样要求过我。我爱你，尽管你拒绝。

愿我的灵魂能随意获得滋养。

5 月 27 日

克洛德，明天是你的生日。你的手指如同项链一样环绕着我的脖子，我抓住你的手将手指一一掰开。你飞快地吻了一下我的唇。

我们那一次长吻的含义日后会显现出来。它当时只是自言自语。

四年前，我失去了你和安娜。说到底，你从我身边夺走了安娜。我要把她找回来。她只了解我心中秘密的影子。至于你，你一无所知。

5 月 28 日

我将自己献给你，当作生日礼物，好吗？——如果之后我们还是要分开，这就不算什么。

我对你来说只是众多女人中的一个，而你呢，你是我的目的。在这世上，最悲哀的莫过于没有你在身边。你向我揭示了人的悲剧。没有你，我不再是我。我的手、脚、额头都等待着你。我想帮助所有需要我的人，即使在我需要你的时候。

夜晚时，我飞向你。如果你睡着了，我给你一个轻吻；如果你在写作，我会坐在地上，将脸颊靠在你的膝头；如果你看着我，我会爬到你身上。

这份日记，有一天你会读到！

安娜是否已经告诉过你，我只能看清写得很大的字？

周年纪念：六年前在瑞士，这一天你造访了我在树上搭建的会客室。

五年前我第一次梦见你。四年前我们一起在夜里散步，你做了几个清晰的比较，而我没有明白你的意思。

1906 年 6 月 18 日，小岛

明天我就二十九岁了。我对母亲态度恶劣。

我的《圣经》上说："你是什么样的人比你做什么事更重要。"

我竟然忘了！

你能医好我的眼睛。只有你亲吻过它们。

我双手合十，希望你能一手握住。

在我家帮工已六个月的女孩八天后要走了。我竟然没有向克洛德提起过她，真羞愧！

6 月 24 日，小岛

今天早上我的课上得不好，男孩子们第一次在上课时走神望向了窗外，他们是对的。

克洛德，你什么时候才会召唤我？等我死之后吗？

希望你还没有娶妻，没有受到爱的牵绊！

7月 1 日

我回到了少女时代就读的学院，在以前住过的房间躺着。我想再见到八年前那个睡在这里的小缪丽尔，被其他女孩推选为宿舍长的缪丽尔。

我有个疯狂的想法，我想跑到亲爱的校长房间，在她的床上握住她的手告诉她："我爱克洛德。"

修道院为校友举行仪式，修道院里的中殿一点都没变。拱顶之下，克洛德的名字在我的心里翻滚。

7月 3 日

克洛德，知道我在哪里吗？我正躺在迪克和玛莎家的沙发上，就像上一次那样。当时你坐在大壁炉旁，后来坐在地上。我将我们的那一吻告诉了玛莎，还告诉她我并不难过。她说："我们不过是万物中的尘埃，如果爱情出现在我们面前，那就让我们尽情享受吧，哪怕不能马上得到回应。"

我们的吻翻开了新的一页，可是我的眼睛、偏头痛、感冒、情绪不稳和优柔寡断对你来说都不是一个女人的吸引人之处。

你对我告白之后，我为了帮你忘记情伤，每天都写两句"我不爱你"送给你。不过你留下了一根燃烧的火把，现在火把到了我手里。

7月16日，卢塞恩

难道我只是梦见自己在你的臂弯里吗？今天早晨，你是如此难以接近。那么多双眼睛望着你，那么多双手抚摸你，那么多双耳朵聆听你……我望着湍流，你偏离了方向，我沉入水中。

等我眼睛痊愈，我就会满怀热情地投入工作，像你希望的那样，但不是为了你要我做的事，而是为了我自己要做的，类似的事。

我在城里的舞台上演戏时，观众为我的莎士比亚式风格鼓掌，你却嘲讽了我的表演风格，还引用了一些话，你对我说："找找你自己的风格！"当时我听了很气，后来我发觉自己确实重复着一些看起来巧妙的东西。我唱歌时，你的眼神让我对自己的声音有了信心。还有什么是你没做的？

我喜欢爱着你的感觉。当下就是顺其自然的快乐。

当你看到这封用铅笔写的信，你会发现有些空白行，段落没有对齐，因为我是蒙着眼睛写的。

8 月 26 日，小岛

你见过被风吹离了支架的啤酒花吗？啤酒花的生命力强，时刻向上攀爬，却注定会枯萎。啤酒花和支架之间有着一段无论如何也够不着的距离。虽然它的茎继续生长，围绕着空气弯着长，形成一段空的螺旋，最后落在了地上。啤酒花矢志不渝地长着，终究凋零。如果支架让啤酒花的茎接触到，那么这枝啤酒花便会围绕着支架重现生机。

你就是我的支架。

我没有百分之一百的真诚、坚强和美丽，但我的爱具有这些优点，只是你不知道。

8 月 30 日，小岛

我曾以为除非天崩地裂，否则我一定会成为你的妻子。现在我只要爱你便已足够。我爱你，是因为你需要爱而不自知，并不是因为我需要爱。每个人都不能占有过多的爱。我要赠予你。你不想要吗？但它依然存在，天长日久，终究会感染你。

1906 年 10 月 28 日，小岛

两个月前，我曾有过短暂的智慧，现在智慧已经消失。我的头靠在你的肩膀上，你的手臂环抱着我，我感觉自己接近幸福。我是你看不到的一团火，没有我你会感到寒冷；我是一阵气味，飘进你的窗口。这就是我存在的理由。

安娜给你写信了吗？你只知道我们去了瑞士？你知不知道我母亲连续三个星期需要有人日夜看护。你还希望我找到一个能远离她的工作……

12 月 4 日，小岛

我决定复活节的时候去见你。我已经完全康复了，也开始在家干活。我的人生就这样度过。谁为此感到惋惜？至少我不惋惜！

不，我很惋惜！我们的亲吻没有解决任何问题。我要赌一把去见你。悬崖爱上了撼动着它的波浪。

1906 年 12 月 7 日

你对我说："你的法文已经学得轻松自如了。把你学习的范围扩大到整个欧洲，就像拿破仑的大军那样。"

在我的眼睛第一次出现问题之前，为了研究达尔文，我经常熬夜看书，还学了德文。我还想多学一些，和你一同游历四方。

母亲回来了，愤怒的表情如同面具又回到我脸上。母亲无心地要求我做一些事情，因为有你，我才认识到那些事情是与自己的本性相冲突的。我父亲在世的话，应该会同意我们的想法。我祈祷，有时候发脾气。如果有人在我面前用我对母亲说话的语气对她说话，我应该会揍他。

现在我每个星期只上一节课。以前我拥有很大的神奇力量，它消失了。我不缺头脑，但缺少具有创造力的善。

我做到善的时候，便会感到十分开心。

你说："永远不要停下来坐在路边休息。"我的疲劳是懦弱的表现。

我总是活在我们接吻的那一小时里，我竟然写给你一封语气冷淡的信否认它，生怕你看穿。

17　姐妹俩

缪丽尔 1907 年的日记

1907 年 1 月 2 日

明亮的满月悬在夜空

环绕它的星星黯然失色

冬日的刺骨寒风吹着我

我的新朋友，我漂亮的狗狗闪电

向前冲，时不时回头

看看我在哪儿

上帝赐予我一段刚刚好的爱情

爱上杳无音信的克洛德。

我写了这些歌词，配上我自己编的曲调在冰封的田野上边走边唱，我对你笑，和你在一起。

家里有两个人病了，我得回家为他们烧浓汤。

1 月 21 日

早餐后，我偷出一刻钟给安娜写信，但我没跟她提到关键："克洛德没有写信来。"

我想简化家里的一切事务，就算这样会引发争吵。但是我始终没动手。克莱尔说得没错，我确实喜欢拖延。

我是一粒飘浮的尘埃，手里牵着缰绳，可以牵着向左或向右走。

牵着谁？

我自己。

去向何方？

这就是问题。

2 月 17 日

我们找到了一个女佣，我将有更多属于自己的时间。我要做什么呢？

侍弄花草，牵闪电散步两次，弹钢琴，进城两次，带俱乐部的男孩们去郊游观察大自然，每天和母亲读十五分钟的《圣经》——算算时间就所剩无几了！

3 月 4 日

晴天霹雳。安娜叫我去巴黎。

1907 年 3 月 8 日，巴黎

我在安娜家，在她的工作室里，被她的俄国朋友围绕。

3 月 10 日，巴黎

我独自去看罗丹的雕塑《吻》，仔细端详。上帝创造了完整的原原本本的克洛德，让他对我产生被吸引的感觉。上帝创造了完整的原原本本的我，拖了好久之后，才让我爱上克洛德。

在我面前是用白色大理石雕成的一对裸体的情侣，纯粹简单。这就是上帝给我们的机会，给克洛德和我的，但我们拒绝了。是不是疯狂？

我们的爱不够强烈吗？——我不得不认为克洛德现在还爱我，我也爱他。我们为何犹豫呢？

如果克洛德问我，我想我会立刻回答："我爱你，可我不太确定。"

我畏惧人言吗？——我不这么认为。——我害怕这会使我更加需要他，从而放弃我所有的工作？——我不知道。——我害怕马上怀孕生孩子吗？——当然不！总之，不管别人怎么叫我，我反正会是他的妻子。

我在镜子里看到自己，气色很差，就这样打断了心中的各种问题。

……安娜回来，打量我，拥抱我，问我想不想见克洛德。就在这时她的朋友们到了。

安娜从来没有这么美，我在她旁边很高兴。在餐馆兼乳品店里，我看到她认真地和一个好像很迷恋她的俄国男人在讨论。

3月17日，巴黎

回家后我发现了克洛德的一封信。一定是安娜告诉他我来了。信里说他生病了很难受。他告诉我："我们有太多的话要对彼此说。等我病好了就跟我去布列塔尼住一个星期吧。"——天啊！这让我头发昏，我得想想。我能保持距离吗？我完全没想到这个！

"对，你这个不信神的人，你会去看他。你从这里到他家不过步行十分钟的距离。"

3 月 20 日，巴黎

克洛德还是卧病在床。他不在克莱尔家，而是在自己的小房子里，从窗口可以望见一大片巴黎的风景。他要安娜给他带一种英国的药，安娜便顺便替我送信给他。我在信中对他说："好，克洛德，我很愿意跟你到布列塔尼住一星期。"

安娜看见他苍白消瘦，虽然发着烧，还是在拼命工作。

我又看了看镜中的自己。离他很远的时候，我讨厌自己，同时感谢上帝没有让克洛德爱我，而在他身旁的时候，我觉得自己像个皇后。

1907 年 3 月 21 日，巴黎

我陪安娜走到克洛德家门口。她的帽子戴歪了，还忘了带紫罗兰。她不爱卖俏，可是她自身的美弥补了一切。她用奇怪的眼神从正面和侧面打量我，几乎是在审视我，她以前从来没有这样做过。大概她是想在当我的信使之前好好把我看清楚。

我们一起走着，我的手臂在她的手臂下面，两个人不发一言。我感觉她爱我。这是一间在拆迁的房子，整整一面墙震动着，轰的一声倒下，腾起一片细细的灰尘。里面有个水泥工在一个小孩的帮助下往腰上缠绕长长的红腰带。

我们到了。安娜让我上了公共汽车，我从车上看着她消失在大门里，走向通往克洛德家的楼梯，爬上七楼。她的背影显得心事重重。

夕阳西下，很美。这是我和克洛德两人的弥撒。我只顾看着太阳，错过了我的车站，于是从汽车的平台上跨步跳下。司机笑着挥动手指警告我。

我回到工作室，饥肠辘辘，喝了杯茶。

有人来敲门，但不是敲四下，安娜叫我别开门。那人又敲了敲门，然后就走了。

过了很久安娜还不回来……与克洛德在一起的时光总是过得特别快……我蹲着，用手撑着下巴，像罗丹的雕塑《思想者》。在黑暗中我透过窗帘注视着庭院的动静，对面的一盏罩着红色灯罩的大灯亮了起来。——我睡着了。——有人用力敲门，是克莱尔吗？不行，我要和克洛德去布列塔尼！

我要毫无保留地释放我所有的爱给克洛德看，就像释放我的狗狗闪电。

安娜终于回来了！我醒了，她走得很快，头不偏不倚。

我们吃了简单的晚餐。她谈起克洛德的情况。克洛德已经觉得嗓子好多了。他收到了一个"豪华酒精加热器"来热他的汤。安娜将我的信给了他，他立刻读了，很开心的样子。

安娜沉默不语。她半天挤出一句话："我写信对你说过要和你谈谈我的生活。"

"是的。"

"你有没有想过我的生活是什么样的？"

"完全没有，你想说的时候会告诉我。"

"我想也许你猜到了一点，"她咽了一下口水，"真难启齿……好吧，简而言之，缪丽尔，我尝过了爱的滋味……三年前开始的……我一点也不后悔，而且我有过三段恋情。"

"如果你不是安娜，我绝不会相信你说的这些话。"

"我是安娜，我需要你知道。你觉得尼古拉怎么样？"

"我觉得他和你不是一类人。他追求你，我想都没想过。"

"他追求过我，而且也追到手了。"

"我还以为不可能。"

"也不是完全不可能，缪丽尔。"

一抹坦诚的微笑在她脸上绽放开来。玛莎曾经怀疑安娜的生活放荡不羁，我对她坚称不可能。

我突然觉得我和克洛德的一周假期有些危险，不知怎么的，这些都和我无关，也和他无关，但是从安娜开始谈这件事，我就感觉没办法跟克洛德走了。

"安娜，为什么你今晚对我说这个？"

"因为你要我带给克洛德的那封信。你允许我听他说起你，说什么都可以。他要你跟他去海边，你答应了。我明白这对你们意义重大。我需要告诉你我的情况。"

两人沉默片刻。

"继续说，安娜。"

"你记得我在伦敦向你介绍过的穆夫吗？他也是，我和他也曾经在一起。"

"你怎么能这样？"

"没有经历过的人没法想象。"

有人敲了四下门，是个俄国朋友，待了半小时。安娜看起来累极了，我提议明天再说。

"不，一定要说完。"她说。

安娜躺下，我坐在她床边。她关掉两盏最大的灯。她敞开心扉，慷慨地满足了我想知道的。她变成了我的姐姐。她告诉我，对于她和很多人而言："爱情并非对某一个人的独一无二又永不改变的激情，而是一种自由自在的情感，有时候会日益增长直至两人形成完全的结合，也可能满足之后逐渐变淡，时机一到又为了另一个人而重新燃起。爱情淡去后可能留下一种温暖的友情，每个被爱过的人都是不一样的珍宝，是通往一个不同的世界的钥匙。有钱人离婚次数多，都明白这点。离婚对艺术家而言代价太高了，所以我们只有想要小孩时才会结婚，有一天我也可能这样做。"

"希望如此。"我这么回答。

到时候再说。——爱情是先验的独一无二的吗？——不是！——它是一种肉体的幻想？——不对！——是一种自然持久的尝试。你和我四年来都没好好聊过。你这么惊讶，我一点也不意外。

安娜耐心地向我描述她的生活。爱情是怎样让她突破了限度，让她用新的眼光看待她自己的雕塑和生命中的每一个小时。和我体验过的生活完全相反。而我还是宁可按照我的方式生活。我们不再有相同的信念，她跟我提到马尔萨斯。

不要生小孩！不要有目标！我听着，不予置评。这是安娜，她这样说……这些不也是克洛德的想法吗？

安娜现在不吭声了。不行，今晚不说就永远说不出口了。就算只是花了一个小时，我得弄明白她的观点。

一种疑虑突然穿透了我，我想赶走它，但它挥之不去。我看着安娜。

"你问吧！"她盯着我的眼睛说。

"安娜，你说你有过三个男人。第三个是谁？"

"缪丽尔，你知道的……"

"我不知道，穆夫、尼古拉，还有谁？"

"你清楚……你知道……"

"我不知道。"

"我说不出口。"

"那是克洛德吗？"

"是。"

安娜听到我的牙齿在打战。

安娜对我说："躺下，我害怕。你弄出那种死人牙齿的声音。"她又点亮了大灯，我想要起身到我的床上去，却猛地往前一倒，额头撞到凳子。我无法控制我的牙齿，我颤抖着。

安娜帮我包扎流血的额头，扶我躺下，摩擦我的双脚，给我准备了两个热水袋。

我原本以为我能主宰自己，这么多年不受他人左右。突然间，我一下子将心中的秘密全盘托出。

18 借由安娜

缪丽尔给克洛德的信

1907 年 3 月 23 日，巴黎

我在熟睡的安娜身边给你写信，几个小时前我得知了安娜和你的事，她终于跟我说了，不再担心对我造成痛苦。

在我看来，这改变了整个世界的模样。我以往充满恐惧，现在我很平静。我们的吻是永别，我只能完完全全地接受。

安娜以为不需要明说我就明白，其实不是。我震惊得昏了过去。我曾想过你们可能相爱，但不是现在这样。

她委身于你。我一开始以为，她满怀情意地让你教会她肉体之爱，后来她又有了别的男人，比喜欢你更喜欢他们，出于某种无关紧要的原因，她夺走了我和你共度余生的一线机会。可是，这猜想根本是错的。

我现在知道安娜爱上了你。我不仅接受这个事实，还为此感到高兴。我以前不了解她的个性，不知道她是多么大度。

是安娜先爱上你的。在威尔士的时候她看到我们俩在一起，什么都没说就放弃了。我的自私令我看不出她的内心想法。她并没有从我身边抢走你，而是将你带到我身边，就像一只出色的猎犬带来了猎物。在瑞士，当我猜测她爱上了你的时候，被她男孩子气轻松自如的样子蒙蔽了。她差一点就撮合了我们俩。接着我们分开，然后你决定结束。

安娜那么美，你终有一天会爱上她，所以我从不曾对她承认我对你的感情，可是我刚才没忍住在她面前爆发了出来。日后你会在我的日记里读到这一段。必须留给她爱你的自由。

去年，在你的怀抱中我明白了你当时还爱我，所以我以为你和安娜之间没有什么，我就不由自主地流露出了一点对你的爱。她希望我幸福，不愿成为我的阻碍，更糟的是她现在全都知道了。但在这方面，最重要的是直觉。直觉将她推向你，她却坚持要我别考虑她。她承认她这么做并非发自内心。那么我们是根本不可能的。

克洛德，你想象一下：安娜和近几年一样时不时和你在一起，在你们俩的工作允许的前提下；我像她一样爱你，而你既爱她也爱我，轮流和我们两个人在一起？——我和她中的任何一个绝不可能在明知另一个不幸福的情况下感到幸福。

即使我们想象中认为这样纯真无害，但真正这样做会发现是无法忍受的。

我不是说我们不能再见面，我说的是我们不能再拥抱接吻。

在我的祈祷中，我一直将你们的名字放在一起，"克洛德和安娜"或者"安娜和克洛德"，你们一直在我的心中合而为一。

就这样保持下去吧。

安娜不是我们之间的阻碍，而是我们之间的联系。我在她身边，离她更近，离你也不远，想看你的时候我就望向你。

我想对你说的是："我随遇而安。"

安娜也累坏了，明天我会留下来陪她。

请你劝说她，告诉她，她并没有抢走属于我的东西。

我不会停止爱你，尽管我暂时不再见你。

就在我终于和你越来越近的时候，我遇到了最后一道障碍，一道无形的阻碍。

我对你说过多次再也不见，都没能信守诺言。或许我这辈子总是会再见到你，但一部分的我在今晚彻底挥别了你。

安娜睡了，时不时轻轻地用嘴呼吸。

1907 年 3 月 24 日，巴黎

让我们始终不能在一起的那股无形的力量并非你我母亲的介入，也不是实际上的困难，与我们俩自己造成的阻碍也无关，而是安娜对你的爱。

假如一个像安娜或者像我这样的女人委身于一个男人，她是要成为他的妻子的——你想要两个妻子并且两人是姐妹吗？

安娜和我爱上同一个男人，是有点可怜，但并不奇特。

我并没有失去什么：我期待的本来就不会成真。

我不觉得遗憾，只是可惜没有早一点知道。

"你会知道真相，它会让你得到解脱。"我的《圣经》上这么说。

解脱了。

一个小时后我启程回英国。

缪丽尔的日记

1907 年 3 月 27 日，小岛

我回到家了，现在是春天。真可怕。我将在安娜的幸福之中找到我的幸福。安娜是为了我离开了克洛德，我现在将他还给她。我给她造成了跟我自己的痛苦同等的痛苦。她的另外两个男人只不过是消遣。

永别了，我生命中的六年，我要去伦敦工作。

3 月 28 日

安娜，我以前一点都不了解你。我知道了你和克洛德两人互相爱慕——因为我问你"你还爱他吗"，你无法回答我。

我怎么可能对此感到不满意呢？我现在以温情来爱着克洛德，爱情与温情之间是相通的，并非我原来以为的不可逾越。

安娜，我刚才穿上了在你那儿你对我坦白的那天穿的那件上衣，我觉得紧得透不过气，所以脱掉收起来了。安娜，我需要为你做一些事。

我烧掉克洛德在巴黎写给我的那封信，这是我烧掉他给我的第一件东西。

在克洛德的怀抱中度过的那一个小时是唯一让我感到羞耻的事，我得向他道歉。

我快三十岁了，这是耶稣开始他社会工作的年纪。我要用自己的方式将我的生命投入社会工作。

4月2日

我的勿忘我对我说："你为克洛德种下我们，他在哪儿呢？"

门砰的一声关上，我转过头去看是不是克洛德，这样的习惯一时还改不掉。

过往的一切让我感到安慰的是：我的眼疾或安娜的牺牲都没能阻止安娜和克洛德相爱。他们是细水长流的江河，而我是喧闹的激流。

克洛德，我以后只能以安娜姐姐的身份见你，我又对你重复了一遍！

我翻查着日期。在慕尼黑，我在公园里等安娜，她去了一家又一家美术馆，她想着你，她以为我不爱你的那一刻毫不迟疑地爱上你。我那时对你只是有一点点爱的前奏，所以我隐藏起来是对的！

过去的我怎么如此盲目，身体上的盲目跟精神上的盲目相比简直不算什么。安娜最终得到幸福就万事大吉。

克洛德，我佩服你能保持自我，态度果决。我遏制自己想和你在一起的渴望，然而彻底分离我又无法接受。

4 月 3 日，黎明

安娜后天回来！我高兴地穿上以前觉得很沉的短靴，重新开始弹钢琴。我复活了。为什么叹息？我曾经只有希望，而安娜会得到克洛德。

晚上

我要把她宠得像个孩子，被满园的繁花环绕。为何不把我爱的人让给她呢？为何我在她的工作室昏倒呢？

既然我对你隐瞒了我的心事，你又为何对我坦白你的私情？

1907 年 4 月 5 日

我们一起去看手相。总之，安娜命好，而我命差。我拇指上的十字纹表示情路坎坷，看手相的人说："不过，另一只手的拇指也能影响运势。"

可是我的另一个拇指上也有十字纹。她对我说："你好像会和同一个男人订婚两次，你有焦虑的倾向。你事业成功，但时常被中断。"

她对安娜说："明显可以看出你的生活比较杂乱。你是一个建设者。你慢慢发现自己要的是什么，朝着目标前进。你会爱上好几个男人，不管别人的看法，你会有幸福的婚姻。"

我看着安娜在我们的房间里走来走去，我不会令她感到难为情，她还是个小宝宝的时候我就帮她洗澡，她很习惯了。她贴身戴了一个小圆牌，背面刻着 A 和 C，我想是代表安娜和克洛德的缩写。

晚上，她趴在桌上睡着了，脸颊贴在手臂上，像以前一样。与我相比，她在乡村生活觉得更累。我将她带到床上，帮她脱掉衣服。她躺在枕头上轻叹一口气，沉入梦乡。我帮她将连衣裙熨好。

不。她没有因为她做过的那些事而身心俱疲。她比我更纯洁。克洛德有一天曾说我特别像清教徒。安娜在睡梦中动了动，抓紧了某样东西，我就哭了。

1907 年 4 月 6 日

我在那致命的一小时里对克洛德和安娜犯了罪，我没有抵挡住克洛德的吻，还回应了他的吻，出于一种超乎想象的软弱。

有时候我的脑子里冒出一点恐惧，如果能跟克洛德和安娜谈一谈这事，它就会过去，但这也可能对他们造成伤害。

我的过去包含着死亡，还有克洛德和我的孩子们。他并不知道。

我看着他们，一个孩子，小小的，横躺在床上，流着血，鼻子朝下，双手冰冷。还有几个……

假如他们出世，我会多么爱他们啊！

4 月 7 日

我被放逐在自己家中。

将我隔绝于世的不是一堵墙，而是一扇上了锁的门。

如果克莱尔知道了会怎么做？

4 月 8 日

我们看到眼前的一切却看不明白。未来会打破所有模子。不要预先计划。要像果实一样自然成熟。

我以后不再祷告说："我的上帝啊，不要再让我单独见到克洛德。"——我要祈祷："我天上的父，让我变成克洛德的心平气和的姐姐，让我们不要再做出任何会伤害安娜的事。"

1907 年 4 月 9 日

我走过猪圈，某一天站在这里的克洛德曾深陷情网。

我越来越接近放弃。

如果不可能完全结合，就要好好约束自己的身体。灵魂的爱会一直持续到肉体消失，甚至在肉体消失后还会继续存在。

肉体之爱发出的呼喊与灵魂无关。

克洛德并不喜欢区分这两者。

人活着就像是一堆树干沿着河流漂下，河中有漩涡，有时候和某一根树干紧紧挨在一起，有时候分离一段时间。我们会喜欢其中某一根，被它吸引，被分开时会痛苦。而一堆树干继续顺流而下……流往哪儿去呢?

缪丽尔给克洛德的信

1907 年 4 月 11 日，小岛

我还是要为我们那一个长吻请求你原谅。我想将它抹去。

你在你寄来的信中提到某种障碍。有障碍首先要有路，而我们俩之间已经无路可走。

我爱你超过七年。前两年像姐姐一般爱你，你要给我更多，但我拒绝了。接下来的五年，我陷了进去，你无心地吸引着我，像是一条航海绳索将我拉近你，结果我发现了安娜心中的爱火，还有你，你也爱火燃烧，这火焰最终将绳索烧断。

纯粹的爱一如往昔。

我们都还没满三十岁。有一天安娜、你和我又将聚在一起。

安娜不再属于我，她比我更爱一个男人，但是那个男人不明白这么多珍贵。这个男人就是你。恰恰因为你们的亲密无间让你无法看清。

1907 年 4 月 12 日

你说，我没有体会到极致的爱，可以颠倒一切的爱。确实如此，是个问题。但安娜她了解这种爱。她和我的想法一致："一个女人成为一个男人的妻子，并不是通过仪式，而是通过等待和放弃。"

在我和她看来，安娜就是你的妻子。

我们三人之间再也没有任何秘密。

安娜写给在慕尼黑的克洛德的信

1907 年 4 月 13 日，巴黎

我很高兴你在巴伐利亚过得开心。缪丽尔写了很多信给我，她重新找到了自己。很难早点向她开口说明白。为了她，我要回家一趟。

我想在回去之前先见你，不是因为我有话对你说，而是为了见到缪丽尔时，在头脑中清楚地记得你的样子。

昨天有个出名的俄国晚会，我打扮得像个小男孩，我想你，也想穆夫。

我是你的安娜。你想见我吗?

1907 年 4 月 22 日，在小岛上写给在慕尼黑的克洛德

我告诉缪丽尔，你本来要我去找你，我向你请求延迟十五天再去，因为母亲不在，我要陪她，我还告诉她说你去维也纳是为了工作。

你无法想象她的绝望和怒气。她要我发誓绝不再犯。尽管在我回家前她独自一人，她仍然狠狠地责骂了我。她让我讲了好久关于你和我的事，我尽可能地向她描述我们那十天在湖畔的日子，但是我没有按她想的那样深入谈到细节。

我躺在你睡过的床上，缪丽尔在隔壁的房间写信。我们更亲密了，她对你的爱借由我传给你，她要我们，你和我，一定要完全为彼此而存在。

穆夫的妻子寄来一封很动人的信。

我的克洛德，很快再见面！

5月1日，在小岛上写给在匈牙利的克洛德

我们还会有机会见面不是吗？现在你离我更远了。

隔了一段很长的时间，我原本担心你只是凭情欲来爱我，我的担忧消失了，因为我对你有了新的认识。

1907年5月2日，小岛

克洛德！我弄错了！缪丽尔很不快乐。一些微不足道的小事会时不时地透露出她的难过。她现在只有玛莎和我了。只要我们——你和我——相爱，她就无法让自己走向你。

我会嫉妒一个和我相似的女人，但缪丽尔和我没有相似之处。

假如只有我不再和你在一起才能使她幸福，你知道，我随时可以。

她太爱我。因为你，她对我的爱又增添了几分。我宁可她少爱我一些，因为这不平等。我对她的爱不及她想要的那么多。除非我坠入爱河，否则我会无法和任何人无所不谈或形影不离。

1907 年 5 月 3 日

缪丽尔似乎重新恢复了平衡。我们有了一个新女佣，让缪丽尔摆脱了负担。她还不知道自己要做什么，但她肯定地说她这样的状态不是我们造成的。

我们谈到了你们俩。我告诉她我非常遗憾你们没能一起去布列塔尼：她好不容易下定了决心，而你们原本可以借此机会靠近彼此。她说："的确如此，但我现在确定我永远不会那么做。"

至于我，我照着自己的脸做了一个雕塑，抬头沉思的表情。

如果夏天不能和你在一起，我会很痛苦。

1907 年 5 月 9 日

缪丽尔怀疑自己是否可以变回你的积极主动的姐姐。你会接受吗？她说，以往你的爱是被别人激发出来的，理所当然。

她有变化不定的各种信条，每次都强加于我。她的信条变来变去，总是出于重大的原因。我们有点上当了，她自己也是。

太过响亮的断言值得怀疑，我对她最坚定的说法也感到怀疑。

克洛德，我们夏天见！

缪丽尔（在小岛）写给克洛德（在巴黎）

1907 年 5 月 10 日

我徒劳无功地反复对自己说我的命运已与你的彻底断绝，因为我们和安娜的关系都太密切，即使你我没有直接的联系，你会成为我生命的一个支柱，这是因为安娜，我唯一剩下的就是她了。如今我缓慢地过着日子。

安娜有点疏远我。如果她看到我哭泣，她当然还是会安慰我，但是很少叫我到她的大床上一起睡。当我毫无理由地心生恐惧，我伸出手轻轻抚摸熟睡中的安娜，将自己代入她的思绪，想象中感觉你在她身边，幸好有你们俩在，我才不会那么悲惨。

在夜里，心如死灰的感觉让我喘不过气。

这种沉重感是因为我需要你却不想拥有你。你曾来到我心里和我家里，带来了光和热，而现在你只是一个冰冷的影子。

我自己的欲望是为安娜而感受到的欲望，有时我能让她开口跟我说说你们在湖畔的初夜，她总是轻轻带过。

5 月 21 日

我迷迷糊糊地拉上窗帘，不让月光唤醒安娜。一根玫瑰花的枝条轻轻拍打着窗玻璃。

我那时即将奔向你，我们俩终于要有机会在一起……

我能给你们俩什么呢？你们之间的爱是不是已经满溢，我的爱已经多余？

哪个女人能像我拥有这样的妹妹？

我拥有你们，我是富足的。

……我是一团被人从海底拔出来的海藻，在平静的水中漂流，没有了根。

1907 年 5 月 22 日

我和安娜一直走到海边，走到那片你我曾经一同起舞的硬沙地上。

我打开装着白色餐布的篮子，把它铺平。安娜揉着她的泥。我们一起去找鸟蛋。此刻一切都清楚了。我不再试着理解的时候就理解了。

与其说"到什么时候这才是个头？"我现在说："三十岁真好！"

我的生活就是安娜和克洛德。

打动我们的你，你是谁？

安娜给克洛德的信

1907 年 5 月 23 日

收到你的信，给你一个吻！

我向缪丽尔问起了她的"坏习惯"，她告诉我她克服了一年半，而后两次再犯，因为那两天她帮忙收干草，十分疲劳。她现在知道导致坏习惯复发的身体上的诱因了。

1907 年 6 月 1 日

那天缪丽尔因为屈服于坏习惯而感到绝望难过，我真心认为她并没有犯下什么严重的过错，想用平展的手掌抚摩她的小腹，然而我做不到：这样的身体接触，即使只是片刻，在我和她之间也是不可能的，她接受不了，我也接受不了。

如果我对一个女人有欲望，我不会犹豫，可我从来没有过这种欲望。

我不喜欢亲吻缪丽尔，就像亲吻我自己的手臂。

昨天一个人带着手风琴到我们家门口表演，缪丽尔给了他一枚硬币，然后独自去屋后的草地上跳起舞来。她不知道我站在我房间的窗前看着她。她动作舒缓，柔软而高雅。我一直看着她跳完。我会试着把跳舞的缪丽尔做成一个雕塑。

6 月 19 日

缪丽尔正在缓慢死去，仍勉强地微笑着。

她这辈子可能只会爱你一个人。

我可就不同了！

我的全部计划都有变，包括我们俩的夏日计划！

我知道你会体谅。

6 月 20 日

穆夫之前没有回信给我，我挺难过。

他在旅行。今天我收到他的来信，他和妻子邀请我去高加索，我接受了。

七月中的时候我会在巴黎停留两天。

1907 年 6 月 21 日

我替她担心将来。

我不想再夹在你们之间。

为什么你不和她在一起？

我不知道到巴黎的时候我是否还钟情于你，不管怎样我还是想见你。

缪丽尔写给克洛德的信

6 月 22 日

我们的安娜睡在我身旁，她睁开了一只眼睛，我对她说："生日快乐！"她开心地笑了，还带着睡意，突然想起来今天是她的生日，还想起了我的生日和你们的初夜。

1907 年 6 月 29 日

我和安娜睡在大床上。她已经睡着了，我迟迟没有睡意。我轻轻地起身走到花园里。空气清凉，夜色幽暗，门廊上爬满了蔷薇，随风摇曳。有个柔软的东西轻拂了一下我的唇，是你的唇吗？我轻轻地咬了一下，花瓣的味道很涩……我踮起脚尖想够着你的唇，然而什么都没有碰到。

6 月 30 日

现在是凌晨五点。猜猜我在哪里？我正坐在花园深处的柳条椅上，就在小桥旁边。一缕轻烟从农舍的屋顶上袅袅升起，往南飘去，朝着你的方向。在我的左手边，薄雾之中有一整排蜂箱，十三个，其中包括一个分出的蜂群，是我、安娜和你一起捉来的。这个蜂群今天已经十分庞大而且聪明，昨天我认出这个蜂群，心想今天早上它们应该睡着，结果根本不是！折腾了一个小时之后，我将蜂群反倒在白色床单上，蜜蜂胡乱攒动，我完全忘了应该等到晚上。

聚集成团的蜂群分散开来，像一块红色的地垫。阳光一照在蜂群上，它们便飞了起来。我等着蜂后在它小小的脑袋里做好决策，发号施令，然后开始追蜂群。

我织了一件毛衣给安娜，准备星期天的授课内容。旭日东升时，我觉得自己离你更近了。

安娜将你的信转交给了我。

缪丽尔给克洛德的信

1907 年 7 月 1 日，小岛

你今年听过安娜拉小提琴吗？她进步神速。我们的音乐老师宣称她是所有学生当中最有天分的那一个。

我们的老奶妈告诉我："你和安娜形影不离，就像是一对双胞胎。缪丽尔，你总是更引人注目，自我表现得更多，但当你们意见不合时，安娜会跟你讲道理，然后你会让步。"

我在装着我和安娜童年照片的箱子里翻找，找到了两张安娜的照片。照片里的安娜四岁，看起来很逗，而且已经很有她自己的样子了。把照片寄回给母亲看。

我小时候既不傲气也不神秘，是所有小宝宝爱好者的朋友。

安娜的性格封闭？没错，大体上是这样，但是当她敞开心扉时，她很迷人！东方之行会让她变成什么样子？给你四封她写来的信，她同意的。

万一她跟你说，因为我需要她所以她不能去见你，请你告诉我一声，其实她已经这么做过。

万一你们没有足够的钱一起去度假，告诉我，我很乐意立即汇钱给你们。

7月2日

安娜和母亲从伦敦回来了。她们看了一出萧伯纳的戏，安娜跟我讲述剧情，东扯西拉。我没有注意听她说的话，只是听着她的声音。其实她并不是在对我诉说这些，而是对你说。她靠着的并不是我的肩膀，而是你的肩膀。我试着想象你们俩在一起，而我像个成熟的女人看着自己心爱的两个孩子。你的头发乱蓬蓬的，你的嘴唇带着微妙的表情。一个星期之后你们俩就在一起了！

1907年7月4日

我心中充满了对你的感情，但我努力对安娜保持忠诚，我内心的一切都不应该伤害她。

我最近做了一个梦：我跪在雕着耶稣像的铜十字架前，默默无语，安娜和克洛德进来时没有看见我。他们微笑着，我屏住了呼吸。我可以亲吻一下我失去的爱人而不伤害到他爱的那个人吗？我把脸凑近安娜，她伸过头来轻轻地吻了我一下，像平常一样咬了一下我的脸颊。你的手搂着她的肩膀，而她的手搂着你的腰。我试着将脸凑近你，但我的位置太低了，离你的头太远，于是我直起身子——我的嘴唇充满渴望，四周的雾越来越浓，而你不愿亲吻我。周围只剩下一个阴暗空荡的房间，房间里挂着几幅熠熠发光的安娜的肖像，一幅一幅地陷进墙壁里。很快，这些都消失了，留下我独自在天顶和上帝的法则之下。

连基督也无法将克洛德暂借给我。

安娜给克洛德的信

7月4日

我星期一到巴黎。如果我们俩都觉得可以的话，我会和你共度两天。

我讨厌抛下缪丽尔。

我们俩是姐妹，这不是你的错。

我们三人都不够大胆。

你从来就不坚持什么，也不会为自己要求什么。你让我们自由，想怎么做就怎么做，就算是立即离开你也可以。我佩服你这一点。如果我们离开你，你马上就去国立图书馆看书寻求慰藉。和我们相比，你更喜欢国立图书馆。

在抱小猪比赛的时候，我曾想过有一天我们三人能够一起躺在我带着华盖的大床上聊天，就算是聊到深夜也无妨。如果我们都没有受过任何教育，这种举动应该是很自然的。

想象我们三人一起躺着聊过天之后，我很快有了退避的念头，好让你们两个独处，我相信缪丽尔也会有同样的想法，让我们——你和我——独处。

后来这一切都以其特有的方式变成了现实。

我不会因为你在同一天吻过我们姐妹俩而感到痛苦。如果你和我们中的某一个共度几个星期之后又和另一个缠绵，其实心里早就知道最终的选择，这才会让我感到痛苦。

我自己是要试试看才知道喜欢谁。

我曾同时与你和穆夫交往两个星期，然而这对我来说是两段完全不同的关系，时间也不重合。我不是故意这么做的。这是我人生中的一个转折。

1907 年 7 月 12 日，维也纳

到巴黎的时候，你在车站等着我，与我亲密地共度了整整两天，和我计划的一样。我像以往一样总是在做决定，然后后悔，不过这是一种保护，让我不养成习惯。

于是我决定共度两天而取消我们的夏日计划……

我们展翅高飞，自由自在，像上帝将我们创造出来的样子，我们以我们的方式追求智慧。你就是我的导师。

我错误地判断了我心中萌发的感情，并非错误地判断了你。

请不要后悔把我放走，任我去放纵。

你给了我你的一部分，我可以将这一部分献给缪丽尔。

假如你给了我更多，或许我就无法献给她了。

7 月 13 日，维也纳

我现在正坐在你告诉我的那家"艺术家咖啡馆"里，这里的牛奶咖啡与众不同。一位奥地利男青年走过来问我是否可以坐下来与我同桌，我拒绝了。我喜欢一个人坐着。

有三个欢快嬉笑的年轻女人在我隔壁桌坐下，其中一个长得很漂亮。她们问了我一些古怪又唐突的问题。当我离开你的怀抱，总是很受欢迎。你在我的眼睛里点燃了一个奇特的幻想，它只会慢慢地熄灭。咖啡馆经理拿给我一份晚餐邀请，字迹娟秀，是刚才那个男青年的邀约，我拒绝了。

你的安娜在这家咖啡馆里既不能写信，也无法听音乐。我离开了，去了另一家。走在路上时，那个男青年追了上来，彬彬有礼地求我让他陪我走一段路，而我的态度仍然坚决。他对我深深鞠了一躬，然后离去，我一点都不害怕。

我的心里只有你。很快我的心里将只有穆夫，不过那不一样。

1907 年 8 月 24 日，高加索

这里的山峦从上到下覆盖着矮树林，树林在山谷沟壑之间形成皱褶，像人的皮肤一般。大草原也美得令人难以置信，你一定会觉得这里很棒。

我越来越喜欢穆夫。他的妻子很快要来了。我会和她相识，想想就很开心。这可是件大事。

穆夫的母亲心善又能干，每一餐我们都在他母亲的大房间里和朋友一起准备饭菜。在这里洗澡时不用穿衣服。

我也可以再多写一点，但你想象得到。

缪丽尔很悲伤，写信给她吧。

1907 年 10 月 26 日，高加索

我喜欢穆夫的妻子，她也喜欢我。

穆夫的妻子一副女主人的架势，独立，判断力强，体格和她丈夫一样健壮，长发及肩，跑起来像个男孩。她到的时候，我心里很难过，也让我对穆夫的爱产生了怀疑。不，这都过去了。他们彼此相爱，而且给对方完全的自由。我尊重他们的相处模式，所以和他们俩极为友好地商定了我（从 11 月 4 日开始）完全退出他们的生活。

他们的朋友中有一个人让我很好奇。

缪丽尔写信给我了，她要我相信她并不痛苦。

亚历克斯会和母亲还有缪丽尔一起负责管理戴尔先生的示范农场。

缪丽尔写给克洛德的信

8月15日，小岛

你在远方，很少写信来。你就像我小时候幻想中的爱人一样不真实，我一直为他而活。迟早我会再见到你，我在思想和行为上都会以姐姐的身份与你相处。

1907年9月25日，小岛

安娜也在远方。我坐着，手里拿着铅笔，不知道要给你写什么。我想用指尖轻轻地抚摸你。让我在你身边放松一下吧。今天一整天家里只剩我一个人，真是开心。月亮从谷仓顶升起，也许安娜在远方和我一样看着同一轮明月。克莱尔也喜欢月亮。希望她对安娜的想法能改变……

我骑上自行车，一直骑到海滩。我刚才游了泳，你听见了海浪的声音吗？我真希望我们三个人都在这里。

1907年11月1日，小岛

黑夜来临，黎明就不远了。我做了个梦，梦见自己坐在矮桌前，在壁炉旁边。你坐在地上，背靠着矮桌，注视着炉火。我喜欢这样的沉默和你的侧脸。你有着女性的身体曲线，穿着黑色丝质外套。那人确实是你，你问我想要什么，我倾下身子，手慢慢伸向你的手。

我跳了起来，喊道："安娜！安娜！"同时我用左手拉住自己的右手。

我听见原野上的牛群，教堂那边传来四下钟声。

诸圣瞻礼节到了，我的父亲与上帝同在天国，他看着两个女儿，理解她们。你喜欢他的画像。我想象你们俩对话，看见你们露出笑容。

安娜给克洛德的信

1908 年 1 月 2 日，高加索

两个月过去了，那个新的男人和我的关系有进展。我们俩吵吵闹闹，我还不知道会怎么样。

缪丽尔想让我把在旅程中写给她的信借给你看，如果你想看的话。我本想节省你的时间。

缪丽尔希望我只爱你一个人，全身心地投入。这样她就能放下对你的感情。可是克洛德，你不是我的目标，我也不知道我们有没有未来。我们见面的次数太少了，有时候我对你不太公平，尽管如此，我们最后一次相会仍然印在我的心里。

写一封私密的信给我吧。

缪丽尔写给克洛德的信

1908 年 2 月 23 日，戴尔先生的示范农场

今天是星期日！我见到了曙光！而你没有！

我的狗闪电在门口低吼。我两次打开门，让它明白门外没有人。没有用，它又开始吼了。谁在门外呢？

安娜总是将东西忘在角落。她已经很努力地收拾了，可是这件事不是她的天分。老裁缝说："她太艺术家了。"

在学校的时候，她总是先想一想才跳进游泳池，大家以为她害怕，接着只见她爬上跳水平台最高处，从跳板一跃而下。

2 月 27 日

自行出现在眼前的东西如何挑选呢？应该是试着先了解还是顺其自然呢？做选择多费力气呀！

当你出现在我的脑海里，我的心像浪潮一样澎湃。

在变成尘土之前，我想服务于人。

我管理母鸡。我现在和母亲、亚历克斯，还有英国的乡村合为一体。

我怀念在伦敦认识的那些贫苦的人。

1908 年 4 月 2 日，戴尔先生的示范农场

离开我们亲爱的小岛真是一个很大的变化。

我们和芸芸众生做近邻，真的有人登门造访。如果他们来的时候我正忙于工作，我就直接穿着园丁服接待他们。

我没有安娜，也没有你：我不要其他任何人。

倘若我不知道你们是坦诚的人，我可能就崩溃了。

19 安娜结婚

缪丽尔写给克洛德的信

1908 年 5 月 5 日

令人难以置信的消息：我们的安娜订婚了。未婚夫名叫伊凡。

她会回来两个星期。

希望他配得上她！

1908 年 5 月 6 日

我们曾经一同想象你会娶一个来自北方的年轻妻子，有一天你会向她伸出你的双臂。如果你像对她那样对我伸出你的双臂，我会颤抖着奔向你。

这不可能，不过我现在的生活已经充实而美好。

克洛德，千万别觉得你对我造成了伤害。相反，你曾让我戴上了恋爱中的女人的皇冠。

1908 年 5 月 9 日

我哭倒在床上，呼唤着你。呼唤的是你的名字，不是安娜，因为我没那么担心惹你难过。

我怎么了？——我的小火鸡死了。养鸡最终成了一场惨痛的经历。总有一些鸡仔天生畸形或患病，但是我无法全部救活。有的鸡仔在我手里活了下来，有的被我的帮手处理了。如果小鸡失去了母亲又迷失了方向，有可能被其他鸡妈妈啄头直至活活啄死。我的小火鸡被它妈妈踩扁了。我将它托付给一只母鸡照料一晚，它痊愈了，我把它放回它妈妈身边，结果它妈妈不知出于什么原因再次踩伤了它，可能是因为它反应太慢。我好不容易把它养好了，交给了我的帮手。他把小火鸡放进了暖箱，没想到暖箱温度过高……今天早晨我把小火鸡放在我的床上，用一块布垫着，它挣扎了一会儿便断气了。

饲养动物就为了让它们被吃掉！

1908 年 5 月 10 日

今天是星期日！我在森林里待了一个小时，跟安娜还有你三个人。我们一人靠着一棵山毛榉坐着，枯叶铺成的地毯有着你熟悉的颜色……枯叶之间有着纤细而笔直的翠绿小草，还有淡木紫罗兰。

你知道吗，克洛德？在我心底还有一件事想要为我们做……让我们穿上爱的衣裳，就像这些树长满树叶，折射着阳光，几近透明。

我从未这么辛勤地劳动过。今天晚上我写信给你和安娜，明早一定很疲惫。亚历克斯、母亲还有我不会长期待在这里，这里过于现代化。我们没有时间见面，但我们希望见面。我放弃养鸡了，这是男人干的活儿。亚历克斯早晨六点就出门，晚上十一点还在记账。他趴在桌子上就睡着了。他懒得再对我们的狗说话。撇开这些不谈，亚历克斯的经营管理还是很成功的。

你写信来的时候用打字机打信封上的地址，不应让我母亲再无谓地心痛了。

> 林木繁茂，重重绿荫
>
> 你无法投下足够的暗影
>
> 你无法遮蔽我不幸的爱

你还记得吕利[1]写的这段歌曲吗？

孔雀呼唤着我，时光飞逝。一场倾盆大雨即将淋湿我全身，我还没对你说到重点，我不明白为什么你在信里谈到安娜订婚时显得十分愉快。别试着向我解释。

人生由破碎的片段拼凑而成。

1908 年 5 月 17 日

我唱着一首苏格兰的老歌：

> 啊！谁愿意爬上沙丘？
>
> 啊！谁愿意与我一同骑马？
>
> 啊！谁愿意又跳又跑
>
> 来赢得一位好姑娘？
>
> 母亲锁上了门
>
> 父亲藏起了钥匙
>
> 可是无论门锁、门闩还是门
>
> 都不能阻挡我的强尼

1　让－巴普蒂斯特·吕利（Jean-Baptiste Lully，1632—1687），意大利出生的法国巴洛克作曲家。他一生的大部分时间都在法国国王路易十四的宫廷里作曲，是路易十四的宫廷乐正。

安娜带着伊凡回来。他们相爱，这是他们厮守的最后一个星期日。伊凡不得不独自回国一段时间，赚钱养家。你怎么想？

伊凡品尝了幸福的滋味，但接下来他要面对空虚寂寞……

1908 年 5 月 22 日

克洛德，我今天是这样祈祷的：上帝，请让罪人去爱你决定的事。

爱我拥有的东西，不被我没有的东西所奴役。

然而在挣扎中发现幸福真的存在，令人痛苦。

1908 年 5 月 24 日

我差一点就去了巴黎，只差一点点。

克洛德，如果你看见我独自一人，请用我曾经对待你的那种冷酷来对待我。我会试着把你当作弟弟，但我已经不再觉得自己是一个姐姐。

你知道……不，你不会知道！

当安娜跟我说你们俩，她向我揭示了我们仨。

我不怕你，我是怕我自己，

你曾对我说："如果我们的爱情无法走到底，我们就不要见面。"

我当初答应和你去布列塔尼的邀请,准备委身于
你。那时候从道德上来说我是你的情人,从我的角度来
说我将成为你的女人。

克洛德,爱情到底是什么?

你的来信令我眩晕。我的双臂环抱着你。愿上帝将
你留下。

没有你,我能活下去……就像没有双眼、没有双腿
一样能继续活下去。

没有你,这只是一种说法,因为你一直都在,只是
不再属于我,不再像以往那样。

我读克鲁泡特金[1]。我觉得自己和这些女人比起来就
像只绵羊。

1908 年 9 月 22 日

猜猜我在哪里?——我站在尖顶的小山之上。刚才
我和我们照顾过的朝鲜蓟在一起——我逃了,到这里吃

1　彼得·阿列克谢耶维奇·克鲁泡特金(Pyotr Alexeyevich Kropot-
kin,1842—1921),俄国哲学家、革命家和地理学家,无政府主义
的重要代表人物之一。

午餐。我的狗闪电读懂了我的眼神，它吼叫了一声表示同意。它吃掉了狗饼干，陪了我一会儿，然后追着兔子去了，跑得不见踪影。

我望见了那个池塘……在这里我曾令你臣服于我，只属于我一人，我却不想要你。

安娜给克洛德的信

1908 年 7 月 29 日，匈牙利

我一连五个月没有给你写信，下不了决心，不断挣扎。

你在外旅行时，我曾经寄给你一封非常长的信。现在我发现这封信寄丢了，我为此很伤心。我来试着重新写一遍。

一直没有你的音讯，我有些担心。缪丽尔告诉你我的事了吗？

我即将和伊凡结婚，他是个石匠，以前在巴黎的时候认识的。他既不会说法语也不会说英语。每次我去他的工作室他都显得很开心：显而易见他喜欢我。我和他后来又遇上了。我们的恋情拖了很长时间，其间他令我精疲力竭。我爱他，但是我不想结婚。

我单独和他在一个偏僻的荒野生活了两个月，然后一人回到了岛上，想拉开距离看一看，体会没有他在身边的日子是什么样。我发觉我们的爱情，至少对他而言，是一辈子的事，而我愿意嫁给他。

我们要结婚了，想象一下！

在他的祖国，他管理一个采石场，在大山里。有空时他会亲手为自己凿石块。他演奏起大提琴的时候像魔术师一般神奇。他痛苦的时候能对我做出任何事情。附上一张他的照片。仅仅因为他，我不能再属于你了。

亚历克斯坚持婚礼要在家里举行，母亲很喜欢未来的女婿，我想你也一样会喜欢他。

1908 年 12 月 3 日，小岛

我曾经深深爱过的克洛德。

我已经结婚了。我从未想过这样将自己长期许诺给某个男人。

我很幸福，有时候非常幸福，尽管我怀疑自己的未来是否能和过去一样美好。

我的丈夫爱我爱到发狂，如果我和别的男人来往，会令他崩溃。他恳求我永远别不忠于他，否则他会杀了我。他可以从我身上看出任何与他相关的蛛丝马迹。他令我惊叹不已。

这是一条锁链，但是我喜欢。

他自私又自然，没有经过教养驯化，也因为这样，他有和我结成连理的需求，我爱他原本的样子。

愿这一切长久不变！

1909 年 3 月 15 日

经过诸多激烈的争斗之后，我正在静养。他真的把我整个人撕碎了。

因为他，我病了两个月，起初很严重。现在我的身体还很虚弱，连在自己的房间里走一走都很困难。

缪丽尔来这里看我，像仙女一样照看我。如果没有她的话，我怎么办？现在轮到她大声朗读书信给我听，一连好几个小时！出于本能和意愿，她现在越来越能为他人牺牲奉献。她已经不再像一座堡垒。目前让她感兴趣的只有她以往了解和爱过的一切。等我一康复，她就会直接回英格兰。她连我们住的这座城市都没游览过，也没有去剧院、音乐会和博物馆。

她不再希冀治好眼睛，但没想到奇迹发生了，因此她笃信宗教。假如我不是欣赏她的其他美德，我可能就与她渐行渐远了。

你不去看她吗?

母亲喜爱伊凡是因为他深爱我。我不知道如何向你描述我被爱得多深,连我自己都不相信有人能被爱到如此地步。

伊凡才刚刚开始相信我爱上了他,为此受宠若惊。

我的人生目标并非被爱。我不喜欢那些太爱我的人,而现在我嫁给了一个爱我爱得发疯的男人。我顺从了。

你曾经爱我,但从来不曾爱得太深!

因为你对我们一无所求,而且需要我们,所以你赢得了我们的心。

在分离的那段日子,你变得像个修道士,令我们倾倒。你应该可以在必要时坐怀不乱,但是如果得到允许,就算是没有明确说出,你也会做。你不是一个真的修道士。

当你每次造访都能让我们满足好几天的时候,我们之间已经达到了关系的顶点,直到我需要更多,直到我发现你并不想要更多。

读到你的信中关于我们最后一次相见的部分,我既意外又高兴。

我想体会情欲的火焰,你点燃了火焰,但你忽视了它。另外三个人将火焰吹得更旺。

火焰不能带来幸福，但没有火焰是致命的。这也是我为什么同情缪丽尔。

缪丽尔写给克洛德的信

*1909*年*4*月*7*日，小岛

噢，克洛德！你今晚的来信……啊哈，我这就去找你。

第四部分

缪丽尔

20 三天

克洛德的日记

1909 年 4 月 15 日，巴黎

缪丽尔到了车站，手中提着两个行李箱，一个装着日常用品和衣物，另一个装着一大块烘烤得金黄的乡村面包，是她用自家种的麦子做的。我们玩抱小猪的游戏那个时期，我曾见过她揉面，她将前臂伸进面团，撒上面粉。我自己也试了一下，惊讶地发现非常费力。缪丽尔伸展着全身的肌肉，我猜想着她的曲线，想用嘴叼住粘在她皮肤上的面块，用力吸着她身上和面包散发的气味。炉嘴是圆形的，火光让我睁不开眼。缪丽尔做出来的面包形状奇特，像是襁褓中的婴儿。

我把鼻子凑近面包，深深地闻着。缪丽尔笑了。

缪丽尔要我从她的钱包里找出她的朋友闪电的照片，我找到了。闪电有着一对长长的耳朵、粗粗的脚爪。它望着缪丽尔的眼神就像是看着一个很有默契的朋友。

一张小小的杂志剪报掉了出来，我看了一下：

> 只要世上有贫困和被抛弃的儿童，一个基督徒就有义务照顾他们，且不要再生出更多可怜的孩童。
>
> ——托尔斯泰

我将它放回原处。

我们有三天的时间。外面很冷，壁炉里火光闪耀。缪丽尔坐在地上，背靠着大沙发床，脱下鞋子，把光着的脚伸向炉火，分开脚趾，以便烤得更暖和。我也脱了鞋，但不会像她一样将脚趾分开。

我们肩并着肩，注视着炉火。这么长的时间我们做什么呢？培养智慧吗？

我拿起面包，掰下一大块，在火上烤焦了，两人咬着吃，桌上的简单菜肴一口都没动。我本可以将面包切片拿到烤箱里烘烤，可是那样我就必须离开她的肩膀。我们用同一个杯子喝水。

我又看见在镜子迷宫里时看到的她手上的肉涡，我还能感觉到我们玩"挤柠檬"时从她的背部传来的力道。

坐在壁炉前很热，于是我起身脱下外套，将外套挂在一张椅子的椅背上。缪丽尔跟着将她的小外套也脱下来，挂在另一张椅子上。我脱下毛衣、解下领带，叠好放在椅子上。缪丽尔将她的紧身针织上衣脱下，叠好放在椅子上。我脱下米色衬衫，缪丽尔像我一样脱掉她的浅绿色衬衫，叠好，没有看我。我们无言地做着最重要的事情：摆脱任何将我们隔开的东西。事到如今，显然她会跟着我脱掉一切。

我继续脱下衣物叠好，直到一丝不挂。缪丽尔也一样。就像一个马戏团的节目。炉火温柔地映照着，刹那间，我仿佛看见了一尊小小的北方维纳斯像。

我一把将床上的床罩和被子拉开，不过床铺很紧，只拉开了一半。缪丽尔钻进被窝里，使劲弓起身子，用脚撑开了整床被子，让出一侧给我。我们盖上被单，蜷缩在一起。

经过七年的等待，我终于拥有了缪丽尔。芷拉和安娜的美在我心中已经模糊。缪丽尔像一片初雪，我轻柔地握在手心，仿佛要捏成雪球。以前我不知道何为坚实，缪丽尔就像是另一种物质的状态，给了我一个目标，就是她。

　　她没有任何反应，任我动作。我无拘无束……像一只显微镜下的昆虫。她的耳朵都比我的敏感，所以她总是掩饰着不显露出来。

　　我一直对她的脖子有着遐想，这是她身上唯一可以任由我观看而不被她发现的地方。我过去总想："有一天我能否亲吻她的脖子？"现在我不必亲吻脖子了，因为她袒露着整个身体。

　　她就像是经过漫长的朝圣之旅后出现的神迹。我们不需要担心时间。梦中钩住我衣袖的钉子没有了，我现在可以搂着她的腰。她大概也在回想着自己的梦。我开始用我的牙和嘴唇轻柔地啃咬她的全身。我看着她，怎么看都看不够。我们两个人像是一团云，缓慢旋转。她已经三十出头了，看起来像二十岁的样子，十分幼嫩。她的双乳比安娜的美丽乳房更小巧。我不是要占有她：等到有朝一日……如果她命令我的话。

　　我回到了出生之前的状态，我的身体里卷起了一个漩涡，浪潮渐渐升起，形成一根尖锐的刺，像我梦见克莱尔的那个梦里一样慢慢穿透了我。我紧紧贴着缪丽尔的腹部，把她的头向后扳，用手撑开她的嘴，她毫不反抗，我张大了自己的嘴，凑近她肉红色的嘴，低低地发出吼声，倾洒在她腹部。事情发生了，忍耐了这么久，不是我的错。这样也好，她之后再去想。

我到了北极，一个冷酷的地方，这里对我而言并不险恶，但是没有参照物，我迷失了方向。

我们到对面的一家小店买水果。我们望着我们的房间窗户透出的亮光，然后上楼吃晚餐。

"那安娜呢？你会对她说起我吗？告诉我你们俩在湖畔是怎样的，她答应让你告诉我一切。"

"她当时确信你不爱我，我也是。起初我和安娜两人就是一起摆弄一些东西和动物，跟我们和你一起三个人玩耍一样。"

我对缪丽尔描述了我和安娜说过的话、做过的事，还有安娜对我讲述的她在岛上的生活，我们在第四天之前一直没有突破男女之防。

"你为什么等了几天？"

"因为时候到了就会自然发生。"

"安娜说你犹犹豫豫，是她让你下定决心。"

"确实是这样。"

"你们怎么能相爱却不终老？"

"安娜跟我说：'我读了你在分离期间写的日记。你在日记中提到的哲学思想使我折服。我完全理解你。我只需要你的一部分，不是全部。我们的首要任务是工作。'"

"你们只在一起待了十天？"

"我要安娜再多待几天，她不愿意。她说她得退一步来看待我和她。我们原本约好不久之后在比利时重聚，结果她在预定来比利时的前一天写信告诉我你们的母亲也生病了，所以她必须回家照顾你们俩。她圣诞节过后才回来。"

缪丽尔扭着手回答说："是的，我和母亲当时都生病了。可是你和安娜你们自己有一件必须做的事情，那就是结婚。如果结了婚一切就很简单了……"

"我们没有想过要结婚，我没有这个想法，安娜更没有。"

"你确定吗？"

"确定。"

"她这么对我说过，我永远都无法理解。"

"安娜说：'我们很果决但并不那么相爱。'她还说：'现在我们做的并没有超过我们最初的亲吻。'不过，她圣诞节后回到巴黎时已经变成一个真正的女人，我们一起度过了三个月的美妙时光。"

"总算好了！然后呢？"缪丽尔问道。

"然后我们无法再进一步。"

"她告诉我：'人只有在失去之后才意识到曾经拥有幸福。'"

"我逐渐无法满足她。她需要一个有更多时间陪她的男人。我忙于工作变成了一种阻碍。她担心让我不高兴，开始对其他人产生了好奇，就像看手相的人预言的那样，她自己说的。"

"别说了，"缪丽尔说，"这是罪过，你们应该为此受到惩罚。她坦陈你并没有极力挽回她。"

"我没有那样的想法，我帮她结识了穆夫，然后她同时爱我和穆夫两个人。"

"不会吧？"缪丽尔说。

"后来她跟穆夫走了。"

"我在伦敦见过穆夫一面，我觉得他很糟糕。"

"我不怎么喜欢这个人，我还嫉妒他。我看到安娜对他认真起来。我和穆夫无意间使安娜做好了准备与伊凡在一起。"

"你还想再把她揽入怀中吗？你可能不会这样做，但是你想吗？"

"我和她会有这想法吗？她现在爱伊凡，而我的心在你身上了。"

"教会管这些事，可管不住你们俩。"

"我和安娜宁愿自己冒险。"

"让别人也跟着冒险？"

"是的，如果不可避免的话，而且事先也已告知对方。"

"因为我，安娜两年前再一次错过了与你一起待几天的机会。当时你们两人都足够成熟了，假如再次见面会带来什么呢？"

"会带来一些爱。但我想并不会带来深刻的变化。"

"还有去年，她突然放弃和你一起度假的计划，改变行程去见穆夫。她那时候知道了我爱你，所以牺牲了自己。"

"我当时一心想去和她度假。"

"我喜欢你爱着她。她曾经想过你可以同时爱我们俩，我们俩也可以同时爱你。你和我，我们能做到率真，但安娜是天生率真。她在哪儿都能睡着，一觉得无聊就开始打哈欠。你会笑，我也是。她认为要让情感自然流露，善意的尝试永远不是件坏事，她还认为我们仨可以尝试任何方式。可能需要重新变得贞洁……可是这样合理吗？总之，尽管有穆夫，你们俩那时候也越来越相爱。"

"是，以我们的方式相爱，没有把各自的生活搅在一起。"

"是因为你不想。伊凡强迫她，所以她让步了。我和安娜都希望有人强势地爱我们。我曾经想象你是海盗船船长，强行把我掳走。我的样貌和想法和我的航海家父亲相似，安娜和一个姑妈很像，公认的爱幻想。我觉得你和安娜两个人都糟蹋东西，但你们比我更纯真。"

一小时之后。

"我希望你还爱着安娜，又担心你还爱她。还是希望多一些。"

"安娜已经和我告别。"

"因为她有了丈夫。她心里并没有和你告别。弄不清楚你们的想法。"

"你的头是圆形的，我和安娜的头是长圆形的。你更聪明，更精力充沛，比我们有条理。你的直觉不如我们，也不太相信直觉。你有时候被你的逻辑拖累。"

"没错，你同情我吗？"

"当你太自信的时候。"

"你也像这样对安娜说话吗？"

"完全一样。"

"只对我们俩这样说话吗？"

"只对你们俩。"

"这就是为什么我们听你的。你同情安娜吗？你羡慕她吗？"

"我珍爱她，希望她好。"

这些对话之间隔着巨大的沉默，以及与缪丽尔的肌肤之亲，如同沙漠中天降的吗哪[1]。我们对时间的流逝毫无觉察。我们一同呼吸入眠。

渐渐地，我心情沉重地发觉我怀抱着天堂，但在缪丽尔离开之前有一件事需要做。

什么事？

在我不知情的情况下，她六年以来一直依赖我的主动，就像我向她求婚时依赖她一样。必须终止这种状态，恢复平等关系。我要给缪丽尔自由，只有一种办法，就是用我曾经对待安娜的那种方式来对待缪丽尔，在安娜身上成功了。

当然，两者情况不同。安娜虽然有些害怕，但她心

---

1 《圣经》中古代以色列人出埃及时，上帝赐给他们的神奇食物。

里清楚自己想要什么，缪丽尔并不知道自己想要。

我逐渐明确地表现出自己的意图，暗示缪丽尔如果想的话可以挣脱。不，她不挣脱。我小心地试一试，她已经准备好了。我稍微坚持一下，等待她的反抗。没有反抗。我们没有头脑发昏，只是好奇地望着井底，却不跳下去一探究竟。我们坐在石井栏上推敲着。缪丽尔稍稍迎着我移动了一下，我也稍稍靠近她。我开始发觉有一丝丝亲密感，随即感觉到一道系带的阻力，明显、柔软而又撩人。一股不知名的磁力逗引着我们，又把我们推开。经过比安娜更强的阻力之后，系带裂开，我进入了井中，身处北极。既不是为了快乐，也不要拖延，只是为了让缪丽尔变成女人，能与我对抗。完成了。于是收兵撤退。结束。

一块鲜红。

现在，如果她想逃，她可以逃走。

芘拉和安娜让我很愉悦，但我情愿和缪丽尔一起从头领会一切。

"等我们想要孩子的时候，"她说，"我会帮你让我受孕。"

"好。"我回答，眼前仿佛看见她走动时摇摆的髋部。

"我是你的女人。"

"是。"我答道,同时心想:"那安娜也算。"

"克洛德,你还打算苦行吗?"

"时时刻刻有这可能。"

"你做的事算是苦行吗?"

"我们做的事吗?算啊,我们对我们两人所做的,既是苦行,又是英勇的作为。"

"我们听得懂彼此在说什么吗?"

"人和人能听懂彼此在说什么吗?"

我对她讲述了一段我的记忆。

在一个很大的动物园里,有一座潟湖,湖心的礁石上住着一只年轻健壮的公海豹和两只年幼的母海豹,两只母海豹似乎是姐妹。我每天经过时都会看看它们。

公海豹和稍胖一点的海豹姐姐交配时,海豹妹妹用小小的鳍状足一路爬上平台,想要加入它们。两只海豹会将它推进水里。海豹妹妹落水后将优美的头部探出水面,发出了类似叹息的声音。这举动和人太相像了,以至于观众们有的同情它,有的嘲笑它。不一会儿,它又重新爬了上来。

那一对海豹生了个宝宝,这只海豹宝宝从会动开始就使劲帮着父母一起把不屈不挠的海豹妹妹推入水中。海豹一家三口挤成一团睡在平台上，海豹宝宝在中间。海豹妹妹独自睡在下面。

一个月之后，公海豹经常悄悄进入海豹妹妹居住的洞穴，待很长时间。十五天之后，公海豹开始与海豹妹妹共同生活，不过它时常去看看海豹姐姐，海豹姐姐显得十分平静，它们俩的小海豹长得挺好。

海豹妹妹后来也有了宝宝。

缪丽尔问："结论是什么？"

"没有结论。附近就只有一只公海豹。"

"就算是公海豹也不能同时爱上两姐妹。"缪丽尔说。

21 漍涡

缪丽尔（在岛上）给克洛德（在巴黎）写的信

5月1日，早晨

我那天确实和你一起宽衣解带，是为了和你说话，一起睡觉。看到你那么惊讶，我觉得很有意思。我当时对自己很有把握。

无法想象我们屈从了自己的欲望，成了彼此的媚药。我们相信对方有自控力，我们平静得像水磨坊里的倾斜水槽将水引向转动的水轮。

我们是谁的细胞？我们身体的细胞以它们自己的方式独立存在：我们已经见识过了！

我知道魔鬼会伪装，蛇会迷惑人，然而我没有认出它们。我们曾经是亚当和夏娃。上帝将他们塑造成适合的样子，又给了他们戒律。是亚当起的头。

我们共度的三天让我睁大眼睛看清楚了你和安娜的叙述曾让我隐约读不明白的东西。

1909 年 5 月 1 日晚

我要向你倾诉我纷乱的心绪。

你预见到了我会苦于自己不再是别人心目中的那个我：处女。我觉得我不能再教课了。

问题在于：我做了一件在道德上影响重大的事，是我曾经下定决心不去做的事。

我曾经认定我对你的爱是精神上的爱，直到那一天我感觉自己做好了准备，可以怀着愉悦、尊严和自由以我的肉体来完成精神之爱。经过这一步，我可以将自己视为你的女人，无须对任何人隐藏什么。我们分离的时间再长，也不再是不幸。

我切断了与过去的联系，但没有找到新的支撑点，于是我又回到过去。我读我的《圣经》。

我们不属于同一族群，我们被教导的仪式也不一样。

午夜

我不敢相信你把我视为你的人。

你的这封信带来了一切，而一切暂时又是那么愉快！

不要觉得我是一个复杂多变又没有信仰的人。我迷失了方向。我曾经对我们俩很有把握。我感到懊悔，但没有遗憾，像圣保罗一样。

我给了你幸福和力量？那太好了！

在我们分开的那段时间，我从未允许自己对你有一丝肉体上的念头。我允许了你的行为，我有罪。我的理想被你的天性动摇。如果撇开这个，我们共度的那三天非常温馨美好。

银河对我有着感官上的吸引力。

我想和你一起徒步旅行。

今天早晨我亲眼看见了一只小羊羔出生。牧羊人教我帮助母羊分娩，这只母羊让我有了生孩子的愿望。

1909 年 5 月 2 日

你说有一天我可能会像安娜一样想嫁给别的男人。那算是通奸罪。

当我得知安娜全心全意地钟情于你（至少我当时那

么以为），而且感觉我自己对你情意未了，我请求上帝帮助我，别让我对不起安娜，别让我因为渴望亲吻你而犯下通奸罪。

当我想象你亲吻我的嘴唇，对基督而言，这已经是思想上犯了通奸罪。

在你身旁，我的问题埋藏心底，一旦远离你，问题重新涌上心头。

有些牺牲是毫无用处的。假如当时你问我意见，我会告诉你："不要那样做。"

假如我小心谨慎地委身于你，像安娜做的那样，我就破坏了自己的个性，并不会给我们带来好处。

1909 年 5 月 3 日，小岛

我重读了自己 1902 年写的分离日记，最令我惊讶的是我的优柔寡断。克莱尔曾经说："这是一个很严重的缺点。"

1906 年你在巴黎跟我说，安于乡下的宁静生活是一种怯懦（当时我的眼睛看不见），最近你却爱说田园生活的绝妙之处，你的想法前后大不相同！

你曾是我生活的中心（除了在我看不见的那段时间），现在我终于进入了你的生活，我却模糊又奇怪地感觉自己要失去你。

我会静静地等着那一刻来临，因为我对此无能为力。

然后我会继续活下去。

起风了，风吹起我的头发，扬起片片枯叶。如果我今晚朝着风呼喊你的名字，就像我经常做的那样，我的嘴唇虽然能做出动作，却无法发出声音……

我对你说些什么呀？为什么要听那些声音呢？家里有那么多事情需要我去做。安娜和伊凡的宝宝就是我未来的工作。宝宝预计六月出生。安娜会回到这里和我们一起待产。

5月7日

我们的大地窖发生了火灾，烧毁了包装箱，还有几袋刨木屑。

我当时独自在二楼，闻到了气味，从气窗望进去，看见了红色的火光。我派汤米骑我的脚踏车去村里求援，自己用手边的物品开始灭火，浸湿后拧干的睡衣和贝雷帽，大眼镜和浇水用的喷水枪。

我打开门，进入地窖。一阵气流迎面而来。火发现了我，向我吐火焰，变成一阵烟雾，伴着火星朝我袭来。我像一个斗牛士朝它走去，用喷水枪冲它。火把我团团围住，烟雾温度很高，我的鼻子吸进了一点，胸口感觉到死亡的危险。我大喊："母亲！"用尽仅剩一点的气力带着我的武器逃走。

逃到外面，我咳嗽不止，眼睛看不见，全身无力。我坐着等房子烧掉或是消防员赶到。终于有一个消防员骑着我的脚踏车来了，戴着头盔，他的布袋里有面罩。他将面罩打湿，戴上，然后拿起喷水枪进入地窖，将火扑灭。

火有众多触手，和爱情一样，它用缭绕的烟雾轻抚你，然后将你击倒。

我们的床上没有准备面罩。

1909 年 5 月 10 日，小岛

欢呼！你来信了！

克洛德，把我当作婴儿一样抱在怀中晃动，抱紧，我用额头顶着你的下巴。求求你，烧了那三天之后我写给你的信吧。忘记它们，原谅它们。爱我吧，这是我唯一的愿望。

我连续三个星期做噩梦。我不该在噩梦结束之前就写信给你的。

我的爱如麦田一般静谧，我的感激如云雀一般歌唱，我的自尊匍匐于地。我仍在我们的房间，依偎着你，我们一起入眠。是我，缪丽尔。我甚至已不复存在，因为我与你融为了一体。

1909 年 5 月 12 日

安娜有一天跟我说你将会不经意地与某个轻盈的女子结婚，和她在一起一切事情都是乘兴而为，她不会像一个自信正确的妻子那样带来沉重的存在感。

是的，我否认了我们的初吻，是的，我不承认我们共度的那三天，是的，我后来把这些带上了天堂。

你对我说："你有阳光般灿烂的微笑、狡黠的神气。无论你走到哪儿，大家都注视你。突然之间你把这一面隐藏起来，你的面容变得粗暴，看起来就像梅兰希顿[1]的画像，而不再是米开朗琪罗雕刻的摩西。你的颌骨从某个角度看起来几乎像个男人。你在这两种状态中具有一

---

1 菲利普·梅兰希顿（Philipp Melanchthon，1497—1560），德国语言学家、哲学家、人类学家、神学家、教科书作家和新拉丁语诗人，被誉为"德国的老师"。

种令人印象深刻的风格。"

我是个恋爱中的清教徒，如此而已。

因为你有点疯狂，所以你爱我。

1909 年 5 月 16 日

克洛德，赞美上帝！我怀孕了……八个月之后，我们的宝宝就会出生，比安娜的宝宝晚五个月……

我向你提议如下安排：怀孕第五个月时我会住到布列塔尼南部的一个小村子里，我熟悉那里的环境。你每个星期抽出两天来看我。我们的母亲都会爱上这个孩子。我们尽快结婚，然后在海边找个小房子待产，在那里生下孩子。

1909 年 5 月 20 日

你的喜悦给了我力量，你无法想象！你原来笃定地说不要！和你一样，我也后悔我们当时那么谨慎。如果我早知道我们想要孩子的话，我当初就会要。克洛德，只要你呼唤我，我就会去你身边。

1909 年 5 月 23 日，小岛

我写给你一封悲伤的信，我并没有怀孕，我昨天才知道的，我过于渴望怀孕。

上帝不会奖赏我们的罪行。

在婚姻之外男女成为一体便是有罪。

1909 年 5 月 24 日

安娜回来了，脸色苍白。她有着即将成为人母的高贵体态。我原本也可以。她和母亲整天都在准备新生儿用的衣服。

你自己还记得我们玩蝌蚪的时候吗？半干涸的沼泽里有很多小蝌蚪，死了不少，我们用长柄锅将活着的小蝌蚪转移到池塘里。看着那么多小蝌蚪，我们感到很悲伤。

因此我对你说："与其为了那些救不活的蝌蚪难过，不如好好照顾长大之后的青蛙。"

我又跟你说起了那些我照顾过的穷人。

1909 年 5 月 25 日，小岛

我走在草原上，突然意识到自己是你的女人，我不再是处女，而是一个妻子。我扬起头，从容地向前走，持续了一分钟。我记住这种如同王族的感觉。我折下一段杨柳枝，做成戒指套在手指上。

克洛德，我抱着你的膝盖，将头靠在上面。我想让你明白。如果我对你说："你不需要妻子，而我不能做你的情人。"这样算不算背叛？

克洛德，你的名字对我来说几乎等同于上帝。

"没有皮埃尔的克莱尔"变成了"有克洛德的克莱尔"，她操持你的家，在那里等待你最终写出一本她喜欢的书。为了你，她在拖延你娶妻的紧迫性。

你并非来自一个大家族，比起子孙后代，你可以通过你的思想更好地成为有用的人。

有人却想替你传宗接代。

1909 年 5 月 26 日

我的脚触碰你的脚，我面对面看着你，你也看着我。

下一次，白天我们相聚，夜晚我们如同星星相隔万里。我没能完成向导的任务，我十分羞愧。

我撕碎了你的信。这封信不是你写的，是你身上某个可怕的部分写的，那部分你曾在我们的床上让我短暂地见识过。

如果你和你的作品并不是我所期待的样子，那多可怕。

如果两个人之中有一个人爱得不够而并不想马上结婚，那就不是爱。

某一天，你会不会对我伸出双臂呼唤我："来啊，我的妻子！"——只有上帝知道。我会等待这一天，直到生命终结。

爱能保持纯真。

如果我们当初能像孩子一样一起入眠……就像我们预期的那样……一切就很美好。

肉体的结合（尽管我不再是处女，对此我还是不懂）应该是为爱情加冕，而不应该是爱情的目的。克莱尔和皮埃尔在一起时没有任何感觉，但这不影响她对他的爱。

我的罪是消极被动。

我什么都告诉了你，我如释重负。

我亲吻你的手，而不是你的唇，因为我已吻得太多。有一天我会再吻你的唇。

安娜很快就可以听见她的宝宝的声音。她现在状态非常好，伊凡还是很瘦。母亲为他准备特定的饮食进行调养。

1909 年 5 月 26 日，小岛

有一件事我很清楚但你不了解……！我天生是当母亲的料，我也会成为母亲……我们一起去康沃尔郡的岩洞，在那里，通过上帝的恩典，由你来给我一个孩子……

之后，如果你想走……你就走吧……！

1909 年 5 月 27 日

我母亲逼迫你爱上我。

你母亲阻止我联系你。

今晚我为自己以处女之身与你结合而感到高兴，因为是和你，也因为你希望我是处女。

你种在了我的身体里，生根发芽。只是短短一瞬。你想逃吗？我属于缓慢却又坚韧的族类，你可以拔出，但是会同时伤害我们两个人。你不会将自己连根拔起。

我的狗理解我的沉默不语，它将凉凉的鼻头挤进我的手掌，舔我的手，把下巴搁在上面。

1909 年 5 月 28 日，小岛

今天是你的生日。

我献上我的嘴唇。

　　日后当你遇见了你那来自北方的小妻子，你会为了你们的家庭而工作。

　　1909 年 8 月 2 日，小岛

　　我在一所孤儿院里做一个星期的监护妇，七年之前我在这所离你不远的孤儿院里工作过。

　　我拿到了外科助理的合格证书，希望能派上用场。附上一张我穿着工作服的照片。

　　我去巴黎的英国诊所工作怎么样？

　　只要我们俩单独相处，我们便忍不住，我又成了你的情人，但这并非我想要的。悔恨便会涌上心头。我就是这样。

　　我想要你当初向我求婚时的样子，像年轻的骑士一般奉献自我，从头到脚沾染我的颜色，愿意将我的祖国当成你的国家。

　　今天的你双脚想必难以离开巴黎的土地，而我难以离开伦敦。

　　我是你的北极。

　　你是我的欧陆。

　　我们远隔两地。

我已经不喜欢巴黎了，要我如何在那里生活呢？

1909 年 10 月 1 日，康沃尔

此刻我所在之处是我梦想你让我怀上我们的儿子的地方。此处风景既壮观又可怕。有花岗岩峭壁、柱石、层叠和碎裂的岩石，还有大海鸥的影子掠过。

我坐在高处一片灰色的苔藓上，注视着一块巨大的岩石，这块巨石像一座教堂，矗立在上涨的海水之中，显得特别突出。白色的浪花翻腾喷溅，被风吹散开来。后浪退下，岩石表面蒙了一层水，显出灰色，很快又变得闪闪发亮，等待着下一波海浪。

真是波涛汹涌！这就是我和你。

在这么多年美好的年纪里，我一次又一次向上攀爬，要将自己献给你。而你，坦率而忠于自我的你，一次又一次让我坠落。

退潮时，我又回到了峭壁下面。我走在平整的石块上，走到了一片海滩。那里的海浪浪头呈圆形，在阳光的照耀下，有气无力地拍打着沙滩。小海鸥在捕鱼。我犹豫着，到底是在这里思考，还是让自己被美景融化。

我捡起了一根海藻，跳起了舞。不行，我停了下来。

我走进第一个洞穴，又低矮又宽大，里面有一个翠绿的水塘，从洞顶滴下来的蓝色水滴落入水中，溅出极小的水花在水面漂着，转瞬间消失。洞穴的深处一片幽暗。

我跨过一堆岩石，走进第二个洞穴。洞穴很高，满是沙子，形状像一艘船。我望见有光照进来，朝着这个洞口爬去，够不着。坚硬的沙地让我想跳舞，我跳起来，这一次像是哀求着什么似的，我的声音从喉咙发出，因为回音的缘故，比平时动听。我听了感觉很惊讶。我的心里全是你，所以唱起了一首我们都喜欢的雄壮的歌曲，不过不太适合。接着我哼起了几首简单的赞歌，是我平时入睡前用很少的词语对上帝说话时唱的。在我们共度的那三天里，我差一点对你唱起这些歌。多么美好！——接着我呼唤了你的名字。

接着我大声呼喊：永别了！

悲惨的印象一扫而空。我觉得自己变得灵活而积极，我明白你的人生十分充实，没有我的位置，而你的人生同样也被上帝指引着。从洞口照进来的阳光晒在我的背上，晒得发热。我脱下衣服，奔向海浪，被层层波浪卷起。我拧干头发，身后跟着一个小小的清晰的影子。

来吧，一个人来这里朝拜，如果你心中有向往。

1909 年 10 月 3 日

我并没有完全爱上你，直到你在你的分离日记中对我说你"不爱"了，让我们免于承受我说出"我爱你"之后可能带来的种种后果。

如果你始终远离我，我的爱会持续到永久。（克洛德心想："噢！我先知先觉的灵魂！"）

我是否缺少女人味？这是失败，但不是耻辱。

1909 年 10 月 5 日

我亲爱的克洛德，我想见你，为了好好埋葬我们之间的一切。

原则上已经做到了，只是原则上。

1909 年 10 月 11 日

这张照片上的婴儿是安娜和伊凡的宝宝。

安娜时常把他托付给我，宝宝长得好看，有气质，有幽默感，爱笑，还爱自言自语。

1909 年 10 月 12 日

我担心你在巴黎的房间太小了。你愿意和我们在鲁昂碰面吗？

在最终的痛苦来临之前等待见面时的甜蜜，唯愿它早点结束。

1909 年 10 月 13 日

我请求你抽出一个晚上让我去和你告别。你会发现我是对的。我们共度的那三天不该是我们爱情故事的结尾。

我不会哭泣。你会再一次耐心听我说话，就像你经常做的那样，就像七年前当我告诉你我心中萌生了爱的时候那样。现在我要告诉你我的爱即将死去，我才能好好活下去。

我不为你感到悲伤，反正你不需要我。

1909 年 10 月 22 日

我考虑找除你之外的另一个男人成为我孩子的父亲，这个念头已经逐渐清晰。

一个令人不得不服从的声音低语着："向克洛德告别，了结这份已经失去生气的爱情。"

1909 年 10 月 23 日

我亲吻你就如同亲吻安娜的儿子,他圆润的膝盖、他的手、他的脚。我拿他做例子。

刚才我提着一篮用来做晚餐的蔬菜,我觉得自己是一个工人的妻子,孩子的母亲。我的喜悦并不来自你。

圣奥古斯丁说:"主啊,你为了你自己创造出了我们。我们的心跳动着,直到在你的怀中得到安息。"

在巴黎,当我们在安娜的工作室里,我渴望从你那里得到的不止一个吻。你给了我。我以为:"上帝允许了。"你也这样以为。但在那之后我不得不退缩。

我仍然想伸出手搂住你的脖子。我崇拜过你。

1909 年 10 月 24 日

我曾经想在你的生命中停留,作为你的姐姐,你的仆人。你拥有了我七年的光阴和我的贞操。我是你的情人这个念头折磨我。你说我不是你的情人,你也不要求我这样做。

然而和你在一起,不能公之于众,在别人的目光之下,我感到痛苦。在离开之前,面对你的门房我无地自容。

安娜、宝宝还有我,我们即将离开这里去匈牙利。

我已经不再害怕过没有你的生活。

1909 年 10 月 25 日

我爱过你，因为你在我看来是一个改革者。你平心静气地质疑陈规旧矩，你为我们带来新的视野，也让我们怀疑自己常规的处世办法。我们三人曾经组成一个小小的公众福祉委员会。我的无知（参见我的告解）让你得到了胜利，但你从未提起过。

你在的时候，你的思想令我赞叹。你不在的时候，你的思想敌不过我的宗教。

有时你怕我，有时我怕你。

我们已经分道扬镳，犹如岛上河流的上游。

安娜（在岛上）给克洛德（在巴黎）写的信

1909 年 11 月 17 日

我想念过你。我一直没有写信给任何人。

我的儿子出生了，总是笑嘻嘻的。我全心全意地养育他。

他是我生命的中心，是我的血肉，这世上没有任何东西能让我离开他。我从未想到过会这样。

我们带缪丽尔一起去喀尔巴阡山。

伊凡在那里等着我们。

写信给我，问我问题，跟我说说缪丽尔。

22 四年之后

缪丽尔写给克洛德的信

1913 年 1 月 1 日

克洛德，我要嫁给米歇尔先生了。你 1901 年的时候在伦敦见过他。我和他常常见面。他等了四年才表白。他这样做是因为他觉得我总是悲伤。他知道我们之间的事情。他对我说："克洛德当年一跟我谈起你们的时候，我感觉到他爱着你们两人中的一个。如果克洛德生活在伦敦，你们就会结婚。对各自工作的热爱使你们分开，不是什么丢脸的事。"

克洛德写给缪丽尔的信

1913 年 1 月 5 日

得知你订婚的消息，我心痛不已。

十一年前你把他介绍给我，他还在我的房间里放了一束花。我在池塘边与他谈起你和安娜的时候，他对你们的评价如此中肯，我感觉自己和他像朋友一样。

他有着明朗豪爽的笑容，他很敬业，并且自己白手起家。我试着想象你们在一起的样子。

我还是和克莱尔生活在一起，还有我的书。

安娜写给克洛德的信

1914 年 3 月 8 日，小岛

我接连几次寄了照片给你，让你看看我的四个孩子，我和伊凡，还有我的雕塑。

这样你就可以了解我们的点点滴滴，总之我们一家人很幸福。我母亲因为外孙们围绕膝下而感到满足。

家里从来不会有人提起克洛德这个名字或者巴黎。

我想见你，伊凡因此会很痛苦。

缪丽尔生了个漂亮的女孩，叫米莉安，还有一个男孩叫汤姆。她的丈夫是个了不起且善良的人。

　　亚历克斯去了非洲，开垦一片森林。他娶了一个小个子女人，生了两个女儿。

　　查理当海员，从来不在家。

23 十三年之后

安娜写给克洛德的信

1927 年 7 月 10 日，加拿大安大略省

我们全家现在住在圣劳伦斯河千岛湖[1]中的一个小岛上，这座岛比我们之前住的小岛大一百倍。

缪丽尔让米歇尔对文化产生了兴趣。他们一起做研究和发现。小汤姆给他们做助手。

---

1 位于美国和加拿大的边界，加拿大部分位于渥太华西南 200 多千米的金斯顿附近，是著名的旅游景点。千岛湖的"千岛"是指圣劳伦斯河与安大略湖相连接的河段，散布着 1800 多个大小不一的岛屿。

这里的自然环境极为优美，征服了孩子们，他们以后不会当艺术家。

这里有足够多的人和美术馆购买我和伊凡创作的石雕和木雕。

或许你会想见见缪丽尔的女儿？米莉安和一个比她年纪稍大一点的中学同学一起去巴黎游玩了。我有她的行程表，她会在 7 月 25 日早上十一点去参观巴黎特罗卡德罗宫[1]的模制雕塑。

克洛德的日记

1927 年 7 月 27 日

我一眼就认出她来。

她和缪丽尔十三岁时一模一样，照片中的缪丽尔有着灿烂的笑容，眼神犹如一位活泼的女祭司。

去跟她说话？听听她的声音？

问她："你是缪丽尔·米歇尔的女儿米莉安吗？"

1　巴黎塞纳河畔埃菲尔铁塔附近的一大景点，老的特罗卡德罗宫（Palais du Trocadéro）为 1878 年世界博览会而建，现已拆除，取而代之的是夏乐宫（Palais du Chaillot）。

没有必要，因为显然就是她。我跟着她走遍了整座博物馆。

她观看，驻足，思考，和缪丽尔一样。

我永远不可能让她生出和她长得如此相像的女儿。

走到出口处，一阵风吹起少女的草帽，说是少女，其实她几乎还是个孩子。草帽被吹到我跟前，因此她用眼神对我微笑了一下，继续追着草帽跑，跑起来的姿态和她母亲一模一样。我感到一阵目眩神迷。

霎时间，缪丽尔再次征服了我的心。

内心的冲动令我望向她的女儿。

草帽还在往前飘，米莉安跑得很快，超过了草帽，转过身将它截住，像足球运动员一样。

我望着她，我看到了缪丽尔。

她们俩的模样在我眼里合为一体。

我想握住她的手。

在街上，我瞥见了镜中自己的影子：我的身子摇摇晃晃。

我回到克莱尔的家。

她问我："怎么了？你今晚看起来很苍老。"